KATABASIS

Editorial Primigenios

David Martínez Balsa

KATABASIS

Editorial Primigenios

1era edición, Miami, 2021

ISBN: 9798452021049

Edita: Editorial Primigenios
Miami, Florida.
Email: editorialprimigenios@yahoo.com
Sitio web: https://editorialprimigenios.org

Edición y maquetación: Eduardo René Casanova Ealo

El destino de quienes han delinquido es inexorable. Ya no podrán nunca ocultar su pasado: Toda la tierra les es de vidrio.

EMERSON

Un solo día en la cárcel puede llenar de horror toda una vida.

PEPPERSON

Una sociedad se juzga por el estado de sus prisiones.

ALBERT CAMUS

KATABASIS[1]

I

Permanece erguido de frente al corredor, aun después de que corran la puerta de su celda. Escucha la cerradura tronar cuando giran las llaves. Oye la risa del guardia mientras éste se aleja. Oye su propio corazón anunciar a latidos lo que su rostro disimula con tanta destreza.

Está asustado, pero no lo demuestra. No puede.

Al otro extremo del corredor, una hilera de celdas y sus inquilinos le devuelven la mirada. Predomina la curiosidad en los ojos que lo estudian de lejos. Por ahora solo la curiosidad. Él tiene dieciocho años, bajo peso y estatura. Debe inspirar lástima a algunos, a otros parecerá un animalillo fácil de domesticar. Y quizás lo sea.

En este sitio, todavía no sabe nada de sí mismo. No se conoce, igual que si hubiera nacido en el preciso instante que lo recluyeron. Solo sabe una cosa: no quiere ni que lo oigan o reparen en él. Anhela constituir una mancha difusa en el campo visual de todos y cada uno allí, desde los guardias hasta el reo más insignificante.

Brinda la espalda a ese mundo exterior, lleno de murmullos, risas y amenazas a la espera de concretarse. Encara el interior de la celda: una habitación pequeña sin ventanas, con el váter en una esquina, y en la otra una mesita y su silla. La litera a su izquierda luce enorme, asfixiada entre aquellas cuatro paredes; en la

---

[1] Palabra griega que se traduce como "descenso al infierno"

sección superior está tendido su compañero de celda, calvo y entrado en años, quien con ambas manos detrás de la cabeza, le pregunta en tono casual:

—¿Cuánto te echaron, chama?

—Nueve meses —replica él y enseguida toma asiento en la cama inferior de la litera, sin dignarse a entrar en la típica conversación, breve pero crucial, que da paso al intercambio de confianza entre dos hombres. No dirá su nombre a menos que alguien demande saberlo, ni mucho menos contará los motivos de su encarcelamiento a nadie indigno de conocerlos.

Su compañero de celda no parece molesto por la respuesta seca a su interrogante. Al contrario, las arrugas en su ceño, todas impuestas por la edad, permanecen sin fruncir; sus manos conservan la firmeza; inclusive su semblante carece de las cicatrices que deja el estrés, vencido tras un angustioso batallar. Su serenidad deslumbra al joven, quien siente la envidia chorrear a lo largo y ancho de su cuerpo.

—Bueno, yo tú me voy preparando —dice el viejo mientras él saca un cigarro y lo prende —. Que los jovencitos como tú aquí tienen que pasar un rito de iniciación.

—¿Qué rito es ese? —fingiendo desinterés, el joven se aproxima a la reja y apoya un codo entre los barrotes. Da una cachada al cigarro. Una larga cachada. Intuye que no le gustará la respuesta.

—Mira, ¿tú ves a ese negro en la celda de al frente? —su cabeza gira en la dirección que le indican: allí vislumbra una masa oscura y corpulenta, dentro de la camiseta blanca y los pantalones color crema que parecen a punto de reventar. De espaldas, el gigante extiende los brazos hacia arriba; el gesto hace que sus músculos despunten, similares a una hueste que al unísono, adopta posición de combate.

—Le dicen el pisa flores —añade el viejo. Él lo oye, pero no quita los ojos del monstruo, quien ahora se ha movido y de perfil, muestra el ancho de su brazo, de la misma longitud y constitución que el muslo de un futbolista.

La voz del viejo arremete como un trueno contra los oídos del muchacho:

—Porque a todo chama que entra aquí, el tipo le coge las nalgas.

Él mantiene su pose impasible mientras acerca las manos a los barrotes y los aprieta para que sus temblores pasen desapercibidos. Pero el cigarro, preso entre sus labios, lamenta un tratamiento de electroshock. De inmediato, el joven saca al delator cigarrillo de su boca y lo tira al suelo, donde le aniquila con una pisada.

—¿Se lo hace a todos? —pregunta.

—No, nada más a los que tienen pinta de niñatos —el viejo produce una risita de colegial —. Así como tú.

—¿Y nadie se le resiste?

—Bueno, hasta ahora sé de once chamacos a los que el tipo le fue arriba. Dos se resistieron. Lástima que ninguno te pueda hacer el cuento. Al resto se los templó; perdón, desfloró, esa es la palabrita que le gusta usar al muy hijoeputa.

—¿Por qué a los más jóvenes?

—Sabrá Dios —el viejo deja escapar un bufido —. Le gustarán las nalgas más tiernas, o a lo mejor sabe que una carne así tan fresca, que nunca ha probado el tanque, le hará menos resistencia; aunque la verdad, a ese doce plantas ni con una bazuca se le tumba.

El joven libera los barrotes y se gira hacia su compañero, no sin antes encajar las manos inquietas en los bolsillos. Libra una batalla silenciosa con su propio rostro, en pos de evitar el surgimiento de una expresión o mueca que revele sus cavilaciones.

—¿Tú crees que se tire pa' mí? —pregunta.

El viejo levanta la cabeza, lo mira de arriba abajo durante varios segundos y luego dice, con la frialdad de un juez en el momento de dictar sentencia:

—Flaco, bajito y con cara de bebé: qué pareja van a hacer.

El joven creyó oír el retumbar del martillo contra la base tras recibir la condena.

—A mí él no me toca —rebate a toda velocidad, en un tono tan revestido de virilidad que, una vez lo deja salir, comprende la carcajada del viejo.

—Ya, entonces ve llamando a tus viejos pa' que te organicen el velorio. Chama, o usted es sordo, o no me oyó cuando le dije qué le pasa a los que se hacen los duros con ese negro.

—¿Entonces qué? ¿Tengo que dejar que me cojan el culo si quiero salir vivo de aquí?"

—No sé, a lo mejor tienes suerte y nada más te pide que le chupes el rabo —el semblante sombrío del joven desvanece la mueca burlona de su compañero, quien añade —. Mira, no serás el primero ni el último que se gana la vida en el tanque con las nalgas; más duros que tú los he visto ponerse en cuatro.

—¿Tú lo has hecho?

En una fracción de segundo, las facciones indignadas del muchacho brincan hacia la cara del viejo.

—Respeto, socio —le advierte el veterano.

—Lo mismo te digo —y con un cabeceo, el muchacho señala en dirección al negro —. Ese a mí no me coge ni un grano de arroz de mi bandeja, ¿oíste?

Sin añadir más, toma asiento en su cama. Lleva ambas manos al rostro y enseguida siente las palmas bañárseles de sudor. Entonces sin él quererlo, su cabeza se ladea, lo suficiente para ver de soslayo al negro en la celda. Allá sigue, lejano y al mismo tiempo cerca, muy cerca.

II

"...certifico que el paciente presenta lesiones severas en ambas piernas, resultantes en fracturas de las rodillas y un tobillo. Además, muestra un fuerte trauma craneal, pérdida de catorce piezas bucales y hematomas a lo largo y ancho de su torso, en especial el abdomen y la parte baja de la espalda. Tras sometérsele a una cirugía de urgencia, el paciente ha recuperado un bajo porcentaje de las funciones físico-motoras, y aún con fisioterapia, se hace difícil garantizar que podrá desplazarse a máxima capacidad. La gravedad de los golpes recibidos en la cabeza afectará de por vida su habla y raciocinio. Por consiguiente, recomendamos que dicho paciente sea transferido de inmediato a una instalación de mínima seguridad, si fuese posible, un centro psiquiátrico.

Queda de usted, atentamente:
Doctor Tomás Cabrero."

III

Han transcurrido cuatro días desde su ingreso a la cárcel. Aún sigue vivo y lo celebra devorando el contenido de su bandeja. Ocupa él solo una de las mesas del comedor. El resto de los reos le pasan de lado sin prestarle mucha atención; incluido el notorio "pisa flores", la leyenda urbana del tanque. Hasta el momento, ni tan siquiera una mirada furtiva le ha ofrecido el gigante.

En las noventa y seis horas que lleva en este nuevo mundo, el joven ha dedicado más de la mitad a practicar un estudio, visual y auditivo, del negro devoto a quebrantar la virginidad de todo prisionero cuya edad sea inferior a los veinte años. Ese de hecho, fue su primer hallazgo. La confirmación de los rumores. Ha visto al tipo con dos o tres amantes, todos jóvenes y cabizbajos cuando andan junto a él que, posesivo, aunque sin restarle ternura, les envuelve los hombros con uno de los robles que debería apodarse "brazo".

Una vez, durante la hora de recreo en el patio, el joven se atrevió a pasar cerca del "pisa flores", y mientras lo hacía, notó que el aire ganaba peso e intensidad, a un extremo febril, como si una nube de vapor rodeara la imponente silueta del negro. Su piel oscura siempre brillaba merced del sudor, incluso en los días más frescos.

Después del almuerzo, a los reos se les conceden quince minutos de descanso antes de ser transportados de regreso a las celdas. Cuando el joven entra a la suya, ve a su compañero sentado en la taza del baño. El viejo anda metido de a lleno en la lectura de un libro; de vez en cuando exhibe una mueca de contrición y deja escapar un leve mugido.

—No sale nada, ¿eh? —dice el muchacho.

—Sale demasiado, chico —la voz del veterano acarrea una mezcla de debilidad y asqueo —. Yo no sé quién cojones me mandó a tomarme el café ese que zumbaron por la mañana.

—Yo me lo tomé, y no ando así —señala el muchacho, y se acuesta en la sección inferior de la litera. Coge la sábana y la coloca sobre su cuerpo, hasta cubrirle el cuello. Por debajo de la misma, acerca dos dedos a los pequeños hoyos que ha practicado en la tela, de forma tal que si se tapa completo, le permitirán observar el exterior sin que nadie lo note.

—Sí, pero tú no tienes ni veinte años —replica el viejo —. A mi edad uno tiene el estómago de un bebé; cualquier cosita y nos vamos en mierda... Oye, ¿vas a tirarte?

—Un rato nada más.

—¿Y a taparte con sábana y to' con este calor? ¿Tú tienes fiebre o algo, chico?

El joven ni responde, ya la sábana lo cubre de pies a cabeza y él mira a través de los hoyos en la tela blanquecina. Desde afuera, los otros reos solo ven a un tipo recogido en su colcha, a lo mejor presa de una gripe o de un ataque de locura. Pero él, en cambio, mira en una sola dirección. La celda al otro extremo de la suya, en la cual acaba de entrar el "pisa flores".

Oculto en su búnker, el joven no quita los ojos del negro. Está esperando que haga algo. Algo que si llegara a ocurrir, él intuye que pondrá fin a su ritmo cardíaco supersónico, a los temblores en sus manos y a la respiración entrecortada que no ha sido capaz de subyugar a su propia voluntad. El hastío lo empalaga y quiere que llegue la señal que espera.

Escucha al viejo gemir, luego el tronido de sus intestinos y el grotesco chapoteo de las consecuencias del café malo impactar contra el mármol del váter. Parpadea un par de veces cuando la peste roza sus fosas nasales. Después, al devolver la vista a su máscara improvisada, el joven se estremece. Es el momento.

Ha visto la señal.

Al otro extremo del corredor, desde su celda, el negro lo está mirando...

IV

"...confirmamos que el paciente ingresado hace cuatro días con las lesiones previamente citadas, en la madrugada del día de hoy sufrió una hemorragia interna de gran magnitud que fue imposible de resolver en el quirófano. Su hora de muerte se fijó a las 3 y 15 de la madrugada, y establecemos como causa principal del deceso una severa hemorragia craneal, producto de los traumas sufridos durante el ataque en el centro penitenciario, que a pesar de haber sido operados anteriormente, llevaron la condición del paciente a un estado crítico. Anexamos al presente informe el que enviamos anteriormente (notificando la estabilidad del paciente tras las primeras cirugías), para que los encargados de sancionar al ofensor determinen qué medidas deben aplicársele.

Atentamente.

Doctor Tomás Cabrero.

V

Ha estado esperando esto: que el "pisa flores" le dirija la mirada. Una sola le basta. Entonces queda convencido. Enfrentado a la perspectiva de que el negro pronto intentará hacerlo una víctima más de su rito de iniciación, el joven adquiere la inmediata certeza. Ya sabe quién es y quien será de ahora en adelante.

Sus manos temblorosas le despojan de la sábana cuando los guardias abren las rejas para la hora de recreo. Y su cuerpo se desplaza a la izquierda, hacia los baños al fondo del corredor. Un característico olor a humedad llena la habitación vacía cuando el joven entra en ella y se dirige a una de las duchas. *"Esa no funciona desde hace años"*; le dijeron cuando el primer día intentó colocarse debajo y abrir en vano la pila. La tubería que lleva el agua está rota, pero a pesar del desuso, el metal luce aun sólido, excepto una sección donde el óxido ha corroído a tal extremo que exhibe una tonalidad naranja oscuro. Si alguien ejerciera la fuerza suficiente en ese punto débil lograría separar un buen trozo de tubería. No muy grande, quizás del tamaño de un bate.

El joven se quita la camiseta y con ella envuelve sus manos. Después, aferra la tubería por la sección defectuosa y comienza a jalar para sí mismo. Lo intenta cinco, diez, quince veces. Puede notar el metal ceder ligeramente, aunque no como él anticipara. Necesita zafar el hierro y el cabrón no afloja. Quiere gritar, maldecir su suerte, pero hace acápite de paciencia y lo sigue intentando. De nuevo, y de nuevo y de repente, a menos de cinco minutos de concluir el horario de recreo, el muchacho cae de pronto al suelo tras escuchar el hierro crujir. Un fragmento de tubería, preso en sus manos, le ha hecho compañía en su desplome.

Al verlo salir de las duchas, medio mojado y con las manos detrás de la espalda, varios presos incurren en susurros; otros retroceden cuando los deja atrás y vislumbran lo que lleva consigo. Sin embargo, nadie profiere exclamaciones o habla alto.

No mientras no sean ellos a quienes se dirige. El joven camina recto, hacia una celda en específico. Afuera de la misma, un gigante, de espaldas a él, propina una cariñosa nalgada a una de sus florecillas.

El joven, aun temblando, su corazón latiendo a millón y la respiración a toda máquina, llega hasta el negro. Entonces echa las manos al frente y aprieta los dedos entorno al hierro antes de decir, en tono amistoso:

—¿Qué hay, pisa flores?

MANOS ROJAS

Incierto es el lugar en donde la muerte te espera; espérala, pues, en todo lugar.
SÉNECA

I

Sintió un ardor punzante en las costillas cuando le dieron la puñalada. Al instante, de la herida brotó un entumecimiento que se esparció por todo su cuerpo. Las piernas empezaron a temblarle. Abría y cerraba la boca, intentando jalar aire. No sintió casi dolor hasta que de repente retorcieron el punzón y le sacaron un leve mugido.

Él fue veloz, sigiloso. Pero el otro lo fue más todavía...

II

Damián caminaba a un paso discreto pero rápido, lo más rápido que puede caminar un hombre en medio de un corredor lleno de presos, sin dar a entender que está asustado. Se dirigía a la celda del viejo Zacarías. Le dijeron que tal vez allí hallaba la solución a su problema.

Era horario de baño y Damián encontró la celda abierta: sentado en la cama, el viejo leía un libro a través de sus voluminosos espejuelos. Su compañero de celda no estaba.

—¿Se puede?

Zacarías alzó la vista. El cristal de las gafas duplicaba el tamaño de sus ojos, haciéndoles parecer víctimas de un asombro monumental, pese a que el resto de su cara demostrase lo contrario.

—¿Qué quieres?

—Yo soy...

—Ya sé quién eres —tras interrumpirlo, el viejo dejó el libro en su regazo y se quitó los espejuelos de un jalón. Desbaratada la ilusión que las gafas tejían sobre sus ojos, ahora Damián los encontraba sumamente diminutos y fuera de lugar en aquella cara larga y exprimida por los años —. El chama que entró nuevo hace dos semanas. ¿Qué quieres?

—Que me diga cómo encontrar a alguien.

Zacarías demoró unos segundos en responder:

—Eso depende.

—¿De qué?

—De para qué lo quieres. Yo no le canto así al primero que venga.

—Necesito que esa persona me ayude con una cosita.

El viejo arqueó las cejas, a la espera de que Damián siguiera. El joven echó un vistazo a su alrededor; luego se pasó el dedo pulgar por el cuello, en una línea horizontal.

—Ya sé a quién tú buscas, chico —asintió Zacarías —. Ni inventes.

Sin decir otra palabra, se enfundó de nuevo las gafas y levantó el libro para seguir leyendo.

Damián, todavía un poco perplejo, dio un paso que lo acercó a la litera del veterano.

—Coño, abuelo, es urgente —dijo con voz suplicante.

—Todo el que lo busca a él es para algo urgente —replicó muy tranquilo el viejo, sin despegar sus ojos amplificados del libro —. Y "abuelo" es la madre que te parió. Yo soy Zacarías.

—Me dijeron que usted sabía cómo encontrarlo.

—Anjá, pero esa información no se la paso a cualquiera, y menos a un niño que se ve a la legua que no lleva ni un mes en el tanque. A ese tipo le gusta pasar desapercibido.

Damián sacó algo del bolsillo del pantalón y lo sujetó a la altura del pecho.

—Tengo buenos motivos —dijo.

El otro alzó la vista y sus ojos adquirieron aún más grosor cuando vio lo que el muchacho sostenía.

—Si me das uno de esos, te doy chance de convencerme —dijo Zacarías.

Sin gastar un segundo, Damián extrajo un cigarro de la cajetilla y lo puso en manos del anciano, junto a una fosforera.

—Tienes hasta que acabe de fumarme esto —dijo Zacarías.

III

Mulata:

Te escribo para darte dos buenas noticias que no pueden esperar al día de la visita. Ayer llegaron mis papeles de liberación y si todo marcha bien, estaré por allá en diez días. Así mismo: diez días son lo único que me separa de ustedes. Márcalo en el almanaque, es el 23 y cae viernes. Lo otro: ya superé tus expectativas: ¿recuerdas que me dabas un mes sin que pudiera resistir la tentación? Bueno, hoy se cumplen dos meses y sigo "célibe", por decirlo de alguna forma.

Mi vida, sé que nunca aprobaste esa parte de mí (¿cómo lo harías, eh?), pero trata de comprender: la cosa quedaba fuera de mis manos. Cuando uno entra aquí, se hace necesario forjarte una reputación o corres el riesgo de no ver el día en que tu sanción culmine. Yo llegué y construí la mía, que ahora tiene los cimientos tan endurecidos que nadie osa siquiera mirarme con malas intenciones. Espero que cuando salga podamos juntos olvidar lo que ha sucedido y echar adelante sin meterle demasiada cabeza al asunto. Todos, sin excepciones, tenemos un don en esta vida. Mi suerte fue mala y me tocó uno que se distingue por ser sucio e inmoral, sin embargo, a la vez me permite sobrevivir lo suficiente para volver a nuestro hijo y a ti.

En tu última carta me pedías que te dejara venir a lo de las visitas conyugales. Ahora mismo te repito mi negativa. Si vienes, será solo a verme y a traer la javita de comida, a la que no puede faltarle ese cafecito que solo tu vieja y nadie más sabe preparar. Y también, claro, otro de tus divinos flanes. Pero nada de visitas conyugales, mi vida. Después de once años sin sentirte, no quiero que un reencuentro así ocurra tras los muros de una prisión, escondidos en un cuarto, bajo el acecho de una fila de reos ansiosos por que terminemos para así ellos tener su turno. El ambiente es importante, eso decías tú cuando salíamos, ¿te acuerdas? Y ahora tienes diez días, así que prepáralo todo allá para recibirme como Dios manda.

Al niño mándale un millón de besos y dile que ya pronto se acabará eso de ver a papá en fotos e imaginarse su voz mientras lee las cartas que envío.

Y a ti, mi mulata, te dejo con todo el amor que este papelito puede aguantar sin desbaratarse.

Los quiere y extraña:
Eliér.

IV

Supuso que el tipo tendría un porte más rudo. Damián se acercó otro poco a la celda, sin dejar de mirar al hombre dentro, quien, sentado ante la mesita junto a la litera, escribía algo en un papel. Aparentaba treinta y pico de años, tal vez cuarenta; era flaco, de cabellos cortos en los cuales ya fungían las canas. De perfil, su rostro no ostentaba rasgos inusuales. Nada de gran estatura y músculos destructores de camisas. Si alguien le pasara de lado en un pasillo, simplemente seguiría caminando, sin prestarle atención.

El muchacho ya daba el primer paso al interior de la celda cuando oyó aquella voz.

—Se pide permiso antes —dijo el hombre, sin mover la cabeza —. En estas cuatro paredes la falta de modales puede costarte caro, chama.

—Vengo de parte de Zacarías —afirmó Damián. El viejo le había recomendado que dijera eso nada más viese al tipo.

—Mira tú que bien —el hombre dejó de escribir y ladeó el cuerpo hacia Damián, quien al saberse encarado por aquel personaje, sintió una necesidad abrumadora de echar pies en polvorosa —. ¿Tú no te habrás creído que el voto de confianza del viejo significa suficiente vaselina para que yo te deje entrar aquí, no?

El muchacho no supo qué decir. Acababan de desarmarlo. Y lo otro era la voz del tipo. Tenía algo raro. Llegaba al oído casi muerta, vacía de esas fluctuaciones en el tono que sugieren molestia u alegría. Las palabras transmitían el mensaje, aunque sin la debida entonación sonaban extrañas, surreales, igual a un mar que sin importar los embates del viento, no se agita.

—Eh, mire... —comenzó Damián, pero lo frenó la risa del hombre.

—Tranquilo, chico, te estoy jodiendo —le señaló la litera —. Siéntate.

El muchacho obedeció. Mientras tanto, el hombre cogió una caja de cigarros que descansaba sobre la mesita y encendió uno.

—Se imaginará por lo que vine, ¿no? —dijo Damián.

—Si te mandó Zacarías, la lista de razones bajó a una sola.

—¿Y? ¿Puede ayudarme?

—No —tras responder, su interlocutor le dio una larga cachada al cigarrillo.

—Tengo dinero.

—Felicidades...Sigue siendo no.

Damián no lució muy consternado por la doble negativa. Ya el viejo Zacarías le había advertido que eso podría suceder y de paso, le recomendó ejercer paciencia. Nada de elevar el tono o insistir de forma empalagosa.

"Si se te cierra en banda, cámbiale el tema un rato y después plantéale tu situación"; aconsejó el viejo; *"Si así no se convence, entonces vete de ahí, que tampoco te conviene sacarlo de sus casillas"*.

—¿Puedo preguntarle por qué? —dijo el muchacho, extrayendo su caja de cigarros del pantalón. Con un gesto, pidió al hombre que le diera fuego.

—Mira, si esta conversación ha durado tanto es porque el viejo te mandó —le cedió la fosforera —. Y por respeto a Zacarías, voy a responder tu pregunta. Te digo que no porque ya acabé con todo eso. Aquí lleva la cuenta, ni siquiera el viejo, pero llevo dos meses sin tocar un punzón. A todo el que ha venido lo he bateado sin dar muchas explicaciones. Uno tampoco puede regar que se jubiló de la pincha que lo ha hecho persona en el tanque, ¿no te parece?

— ¿Y por qué me lo dice a mí ahora?

—Porque te repito, vienes recomendado por Zacarías, uno de los presos más veteranos aquí, que me conoce desde el primer día que entré —el hombre hizo una pausa y estiró el brazo hacia el inodoro detrás suyo, para sacudir las cenizas del cigarro —. Además, ya me queda poco tiempo en este hueco.

—¿Libertad? —Damián enarcó las cejas.

Una débil, pero franca sonrisa afloró en el rostro del hombre.

—Libertad —asintió —. Y no te creas que tener las manos rojas significa que me falta gente afuera.

El hombre tiró el cigarrillo en la taza. Damián no había terminado con el suyo, pero lo botó igual. Su nerviosismo y la nicotina se arremolinaban en una mala mezcla, al extremo de que no podía concentrarse en otra cosa excepto los latidos que le retumbaban en las sienes.

— ¿Y tú no tienes familia? —preguntó de súbito el hombre.

Ahí mismo. Le caía la oportunidad de redirigir el curso de la plática hacia el motivo que lo llevó a esa celda.

—Sí, no una muy grande, pero familia al fin.

—Como si son dos —sonrió el hombre —. Son tuyos y de nadie más.

—Claro —Damián bajó la vista un momento para después agregar —. Aunque ahora mi gente pasa un rato bastante amargo.

—Por tu encarcelamiento, ¿no?

—Eso y lo de mi hermana.

—¿También cayó?

—No, no, si lo que tiene son nueve añitos —entonces Damián volvió a mirar al tipo, esta vez directo a los ojos. De inmediato intuyó que sostenerle la mirada sería difícil, pero necesitaba resistir si quería lograr su objetivo; nadie confiaba en un hombre que decía las cosas sin mirar de frente.

—La violaron —dijo finalmente, sintiendo que el peso de los ojos del hombre lo iba a derribar. Dejó de mirarlo, aunque no sin antes reparar en el desconcierto que había asomado en su cara.

—¿Cuándo fue eso? —quiso saber el otro.

—Unos meses antes de yo caer preso. Al tipo lo cogieron hace poco y lo mandaron a cumplir quince años aquí.

—¿Cómo lo sabes?

—Mi papá estuvo en su juicio. Él me contó cuando vino a visitarme —Damián hizo una pausa y añadió —. Después de eso, mi hermana se volvió otra persona. Apenas habla y cuando logra decir algo, son puras jerigonzas. Nos la han quitado y puesto a alguien distinto.

—Tumba el tema, chama —el hombre dejó la silla y ofreció la espalda al muchacho. Se pasó la mano por la cabeza mientras dejaba escapar un largo suspiro.

Algo indicó a Damián que desobedeciera el pedido. Que siguiera hablando.

—Y saber que tengo aquí al tipo que le hizo esto, vivo y tranquilo, me está matando.

— ¡Dije que te calles, cojones! —cómo el hombre pudo moverse tan rápido escapó al entendimiento del muchacho. Todavía el aire no se había tragado su grito y ya lo tenía delante, agarrándolo por la camisa. Lo levantó de un jalón —. Ya yo estoy quitado de eso. Cállate.

Por primera vez, su voz no sonaba desierta. Ahora en ella vivían el enojo, la frustración.

Damián puso ambas manos sobre el antebrazo del hombre.

—Ayúdeme, por favor —dijo —. Mátelo.

—¿Y por qué carajo no lo haces tú, eh? —el otro le liberó.

—No creo tener las agallas —admitió cabizbajo el muchacho —. Y si me da por dudar...

— ¿Tú crees que mi primera vez fue diferente? —le espetó el hombre —. Aquí a veces pa' sobrevivir se necesitan añadir unos años más a tu condena. Yo debí hacerlo cuando le di la mano a un cabrón y él intentó cogerme el culo. Después otro se ensañó conmigo y también se fue. Por esos maricones perdí diez años de mi vida. Pero al mismo tiempo me di cuenta de que era bueno en lo de enfriar al que se cruzara en mi camino. Entonces empecé a sacarle provecho y me forjé el nombrecito que arrastro. Uno que ya quedó atrás y no va a virar ni aunque la mismísima Virgencita baje y me lo pida de rodillas, ¿oíste?

—¿Usted tiene hijos?

El hombre echó la cabeza atrás, lucía descompuesto.

—¿A qué viene eso, chico?

—¿Y si fuera su hijo? ¿Y si le pusieran delante al que lastimó a un niño?

—Mira, chama —el hombre volvió a sentarse en la silla ante la mesita —. De verdad lo siento por tu hermana, pero yo en esto no puedo hacer nada. Además, antes de que uno entre al tanque, ya todos saben quién es y qué fue lo que hizo. Si ese socio es un pedófilo, aquí tiene los días contados.

—Ya sé todo eso —asintió Damián —. Pero el hijo de puta es un blancón que mete miedo. Todavía no he visto a nadie que se atreva a cruzarse en su camino. Usted sí puede.

El hombre ladeó el cuerpo hacia la mesita, donde yacían el papel y el bolígrafo.

—Vete de mí celda —dijo sin mirar a Damián.

—Si cambia de opinión, aquí están los datos del tipo —el muchacho extrajo un papelito del bolsillo del pantalón y lo colocó sobre la litera —. Por favor, mi hermana no se merecía lo que le pasó.

El hombre lo miró de soslayo:

—¿Tú crees que a alguien que hace lo que yo hago le importan esas cosas? —dijo y devolvió la vista al papel mientras empuñaba el bolígrafo —. Ahora pírate antes de que te bote a patadas por culo.

Damián, incapaz de vencer el silencio que se había cernido sobre sus labios, salió de la celda.

El hombre, a solas otra vez, intentó seguir escribiendo, pero ya era demasiado tarde. El papelito continuaba encima de la cama, y sus ojos les pedían a gritos que le echara un vistazo.

V

Viejo:

Perdona lo conciso de esta carta, pero ha pasado muy poco tiempo desde que viniste a verme y aquí las anécdotas quizás sirvan para llenar libros enteros, pero hasta el momento, no dispongo de ninguna memorable. Excepto una, la que ya sabes. Ayer en la tarde conversé con un tipo que a lo mejor puede tirarnos un cabo con nuestra situación. Supongo que lo recuerdes, te hablé de él cuando viniste. Tiene su renombre aquí, aunque si te guías por la pinta, lo confundes con el típico vecino de al lado.

En fin, discutí el tema y se me cerró en banda. No entiendo qué pasó entre ayer y hoy, pero parece que, del día a la mañana, cambió de opinión. Te cuento: hoy se me acercó a la hora de almuerzo y dijo que lo haría esta misma tarde, cuando todo el mundo se esté bañando. Le dije que me hiciera el favor de demorarse, demorarse tan solo un poquito, como mismo se demoró el muy cabrón aquel día.

Así que ya sabes, si Dios quiere, en el momento que leas esta carta ya todo estará hecho y al menos así, todos podremos recuperar parte del sueño que esto nos ha robado. Sé que mamá cree fervientemente en la justicia y el poder de las leyes, y, por tanto, desaprueba esto. Evita decírselo, viejo, y de paso le ahorramos otro dolor de cabeza que ella no se merece.

¿Cómo está mi hermanita? Por favor, mándamele un besote de su hermano y la promesa de que en lo que canta un gallo, estoy de nuevo allá. A la vieja todo mi cariño, igual para ti.

Los quiere:
Damián.

PD: *Me le dices a la gente del barrio que sigo virgen por atrás, no vaya a ser que los chismes estén empezando a correr, ¿eh?*

VI

Sintió un ardor punzante en las costillas cuando le dieron la puñalada. Al instante, de la herida brotó un entumecimiento que se esparció por todo su cuerpo. Las piernas empezaron a temblarle. Abría y cerraba la boca, intentando jalar aire. No sintió casi dolor hasta que de repente retorcieron el punzón y le sacaron un leve mugido.

Él fue veloz, sigiloso. Pero el otro fue más rápido todavía.

No comprendía nada. Lo tuvo de espaldas, a su merced. Se acercó con el punzón, a toda velocidad, pero tampoco sin acelerar mucho el paso para que no lo delatara el ruido de sus pies contra las baldosas. Fue tan veloz y liviano que ni siquiera se escuchó el sonido de sus zapatos perturbar los charcos de agua que había en el piso de las duchas.

Por eso gritó, más sorprendido que asustado, al notar en el último momento cómo la espalda del tipo pasaba a ser su frente. No gritó al sentir la puñalada. Casi se desmaya, pero al retorcerle el punzón lo hicieron escapar de los umbrales de la inconsciencia.

—Ya me imaginaba que esto iba a pasar —le dijo el tipo. Su aliento, húmedo y con peste a cigarrillo, le hizo virar la cara — ¿Quién te mandó?

Él no respondió. Necesitaba aire y fuerzas para ello, y los dos se les escabullían a montones.

—¡¿Quién, cojones?!

Quería decirle *"tu madre"*; *"maricón"*. Tantas cosas, pero no lograba articular nada.

Apenas sintió la segunda puñalada. Supo de la tercera y la cuarta porque vio al tipo empujar la mano contra su cuerpo.

Cayó en el suelo de baldosas. El agua le mojó la espalda. La visión empezó a nublársele y él imploró a su mente que trajera el recuerdo de aquella foto, en la que una mujer y un niño sonreían a la cámara. Quería irse con esa imagen.

Lo último que el hombre vio fueron sus propias manos, derrumbadas en el piso y teñidas de sangre.

VEREDICTO

La cólera destruye el sosiego de la vida y la salud del cuerpo; ofusca el juicio y ciega el corazón.
DIDEROT

Cuando nuestro odio es demasiado profundo, nos coloca por debajo de aquellos a quienes odiamos.
LA ROCHEFOUCAULD

I

El policía tiene más cara de susto que tú. ¿Y cómo sería diferente? Si parece un niñato recién salido de la Academia y tú le apuntas una 38 mientras él te enfila el cañón de su *makarov*.

—¡Que la bajes, cojones!

Metió la palabrota a ver si lograba aflojarte, pero su vocecita de cantante pop le quita credibilidad a la amenaza.

No tienes mucho tiempo. Él ha pedido refuerzos antes de lograr arrinconarte en ese pasillo. Las patrullas llegarán en cualquier momento. Sabes que hay solo una forma de escapar. Respiras hondo y exhalas lentamente mientras tu dedo índice da una gentil caricia al gatillo.

El policía contrae los labios:

—¡La bajas o...!

Disparas.

Parpadeaste al sentir el estruendo. Tiemblas. Es la primera vez que disparas a un hombre tan de cerca, casi a quemarropa. Su sangre salpica tu cuello y mandíbula; te la limpias con un desespero casi infantil.

El policía cae de rodillas, con los ojos muy abiertos. Sigue vivo. Alcanza a apoyar una mano en el suelo para evitar desplomarse completamente. Respira acelerado. Así te gusta ver a los policías, de rodillas, en cuatro, esperando a que se la metan.

Te le acercas, sin quitar la vista del arma que sigue en su mano. Él levanta un poco la cabeza, lo suficiente para que sus ojos encuentren los tuyos.

—Espérate... —dice cuando le pegas tú 38 a la frente.

Al disiparse los ecos del segundo disparo, escuchas las sirenas de los carros de patrulla. Corres como nunca lo has hecho en tu vida, pero te cogen a dos cuadras del pasillo.

El juicio no demora mucho. Los asesinos de policías siempre son movidos a la punta de la cola. Te echan cadena perpetua por herir de muerte a un oficial y también añaden ensañamiento: si hay peor cosa que matar a un policía es rematarlo.

Usted más nunca ve la calle. Envejecerás en el tanque, aunque te reconforta la certeza de que cuando llegues a la prisión, todos allí verán en ti un héroe.

No será tan fácil...

II

El nuevo lote de prisioneros baja del vehículo. Son una docena. Tú vas entre ellos, imponente y peligroso en tu mundo interior. Ya muchos deben saber quién eres. El tipo que se fumó a un fiana. Cuidado con él, que, si se bailó a un policía, no hay miedo que le encienda esa sangre fría.

Dos guardias los escoltan al interior del centro penitenciario. Una vez entran al pabellón, tú que vas de segundo en la fila, ves a un oficial parado en el pasillo central; tiene las manos puestas detrás de la espalda y su expresión no transmite nada, excepto una empalagosa marcialidad. Desde las hileras de celdas a cada extremo, los presos les observan ingresar al que será su nuevo hogar.

Los guardias los hacen detenerse y girarse a la derecha. Entonces el oficial avanza hacia ustedes. Camina lento por delante de cada uno, y a cada uno dedica un breve escrutinio. Sus manos, cruzadas detrás de la espalda, sostienen una tablilla en la cual descansa una hoja de papel sujeta por una presilla; de seguro es la lista del nuevo lote.

Tras examinar al último de la fila, el oficial retrocede de forma tal que todos puedan verlo.

—Buenas tardes a todos —dice en un tono agradable que te sorprende, miras a los lados y notas que no eres el único —. En nombre de todo el personal del centro, les doy la bienvenida. Yo soy el capitán Espinosa, pero aquí todo el mundo, y no excluyo a los reos, me conocen por mi nombre: Edwin. Con ustedes no será diferente, si se lo ganan, claro. Los que no, pues conocerán al "capitán Espinosa"; y créanme, Edwin les caerá mejor: es un tipo más permisivo mientras la gente marque bien. A fin de cuentas, el objetivo principal de vivir aquí es de hecho, vivir lo suficiente y mejor posible para lograr salir.

El capitán Espinosa; Edwin echa los brazos al frente.

—Más adelante les explicaré los horarios —dice y acerca la tablilla que sostiene a su rostro. Frunce el ceño. Debe tener problemas de vista, supones —. Ahora déjenme pasar lista rapidito: Tomás Alvares.

Un reo en la extrema derecha de la fila dice "aquí". El capitán lo mira de reojo y asiente. Repite el mismo procedimiento con otros cinco hasta que de repente.

—¡Ángel Sánchez!

Tú lo miras antes de contestar:

—Yo.

Él desvía la vista de la tablilla y te observa de pies a cabeza. Asumes que seguirá con el pase de lista. Pero en cambio, el tipo baja la tablilla y a paso lento se acerca a ti. Lo tienes delante, puedes verle los cañones de la barba.

—¿Tú eres Ángel Sánchez? —pregunta. Su tono te parece de incredulidad.

—Sí, soy yo.

—Un placer —confundido, aunque también experimentando un leve acceso de confianza, no pierdes tiempo en replicar.

—El placer es mío, Edwin.

— ¿A qué viene eso?

— ¿El qué? —las cejas arqueadas del tipo, y sus labios fruncidos debajo, te dan mala espina.

—Lo de "Edwin".

—Usted dijo que podíamos decirle... —gritas al sentir tu barriga hundirse bajo una presión inmensa, que te deja sin aliento. Arqueas el cuerpo al frente y aunque tienes la vista un poco difusa, logras ver como el capitán devuelve la tonfa a su cinto.

¿Cómo coño se movió tan rápido el tipo? ¿Y por qué la coge contigo?

—Si hay algo que no soporto es a los *confianzúos* —dice el capitán, que te da la espalda y vuelve al sitio que estaba para seguir con el pase de lista.

Al concluir, informa de los horarios y finalmente, conduce a los nuevos prisioneros a sus celdas, uno a uno. A ti te deja de último.

—Bienvenido a tu cuarto —dice con una sonrisa, erguido junto a la celda abierta que ocuparás el resto de tu vida —. Por ahora no tienes compañero. Ya veremos más adelante. Entra.

Te quedas mirando su tonfa un momento antes de obedecer. Cuando le pasas de lado, no puedes evitar erizarte. Odias esa sensación. Un guardia cierra la reja. De espaldas al exterior, estudias la celda. Recién te fijas en el inodoro que hay cerca de la litera y es entonces que oyes esas palabras, detrás de ti, igual a una corriente de aire frío y descorazonador.

—Así que te gusta matar policías, ¿no?

Te giras. El capitán, desde afuera, desbarata la marcialidad de su expresión con una sonrisa.

Y se va.

III

Mientras regresas del patio piensas en lo bien que te ha ido esta semana. Mucho respeto y cero atrevimientos. Como supusiste, tu hazaña con el policía se filtró rápidamente entre los reos. Claro, cuando algunos de ellos se acercaron a ti en busca de la verdadera anécdota, fuiste muy detallista, quizás algo exagerado, con tal de engrandecer la mitología entorno a tu figura. Ahora, incluso los más curtidos del tanque se miden contigo.

Y lo mejor de todo, Edwin... No, no, no, mejor el capitán Espinosa, a quien hasta en tus pensamientos ya debes andar nombrando así, por temor a que caviles muy alto y él, siempre atento, te escuche. En fin: sí, lo mejor de todo es que el capitán Espinosa no te ha molestado de nuevo. Se tropezaron un par de veces, pero el tipo ni caso te hizo.

Intuyes que lo acontecido el primer día fue solo su forma de hacerse respetar, transmitiendo una imagen de tipo intransigente. Lo malo de todo es que te cogió a ti de cimiento para erigir su reputación entre los nuevos ingresos. Pero no importa, al final ha salido bien ese golpe en el estómago: hizo de tu figura un foco de atención, y eso propició la oportunidad de relatar tu hazaña y ganarte puntos entre la población penal del centro.

Un grupo de guardias escolta a los reos a sus celdas. En diez minutos las cerrarán todas. Llegas a la tuya y tomas asiento en la litera inferior. Escogiste esa porque la de arriba te hace demasiado obvio en caso de una inspección. Abajo el sigilo te cobija y además, puedes ver mejor sin que otros reparen en ti.

El colchón se lamenta ante el peso de tu cuerpo. Prendes un cigarro y al exhalar el humo, contraes el rostro. Hay un invitado en tu celda que no estaba cuando la dejaste media hora atrás para ir al patio. Un olor. Respiras por la nariz dos y tres veces, la última lo haces hondo, ya casi seguro de haber identificado el aroma.

Te levantas de la cama y a toda prisa, desnudas el colchón de la sábana que lo cubre. Notas como el colchón se ha oscurecido en algunas porciones. Retrocedes, perplejo, hasta que tu espalda choca con la pared. El golpe te saca del estupor y entonces, cuando ya desde afuera anuncian que cerrarán las celdas, tú sales a la carrera de la tuya.

Llegas al medio del pasillo y ahí mismo explotas:

—¿Quién pinga fue?

Los murmullos que circundaban por el pabellón desfallecen y todos los ojos se fijan en ti.

—¿Quién, cojones?

Hay dos guardias a escasos metros de donde estás. Tienen las tonfas desenvainadas, pero no se mueven.

Y tú sigues:

—¡Una cosa es que te revienten la cara o te pinchen! ¡Pero esto...! —señalas a tu celda — ¡Esto es moral, pinga!

Oyes un chillido metálico a la derecha. De la puerta al fondo del pasillo surge una figura que amenaza con quebrar la potencia de tus gritos.

—¿Qué pasa aquí? —dice el capitán Espinosa, caminando hacia ti. Pasa de lado a los dos oficiales con las tonfas. Lo tienes tan cerca que debes luchar contra los deseos de retroceder. Te ayuda el hecho de que no lleve su tonfa fuera.

—¡Que uno de estos *singáos*...! —empiezas.

—Ey, ey, bajito —te interrumpe él, que levanta una mano a modo de advertencia. La otra, junto al cinto, acecha la tonfa y pone en riesgo la firmeza de tu tono.

Y tú, aun molesto, pero más bajito:

—Que uno de estos *singáos* me meó el colchón, y quiero que salga.

El capitán Espinosa arquea las cejas y por un momento, crees que ha entendido los fundamentos de tu arrebato y perdonará la barbaridad de reglas que acabas de romper.

—Ya —dice nada más.

—¿Usted entiende, no? —das un paso hacia él y aunque los dos guardias a la derecha se estremecen, el capitán ni parpadea o hace ademán de empuñar su tonfa.

—¿Que si entiendo qué?

—Que esto no puedo dejarlo así, jefe —murmuras —. Coño, este tipo de cosas acaban con uno en el tanque si se dejan pasar.

De nuevo aparece esa sonrisa tan fuera de lugar en el rostro del capitán. Una sonrisa que te llena de escalofríos.

—¿Y cómo vas a resolver el problema, entonces, eh? —dice — ¿Invitando al tipo que salga? Tú sabes que eso no va a pasar.

No sabes qué responder. Él se te acerca y coloca su mano en tu hombro.

—Déjame eso a mí —lo ha hecho rápido, pero estás seguro de haberlo visto guiñarte un ojo —. A ese cabroncito lo encuentro yo. En estas cuatro paredes no hay chistoso que se me escape.

—Pero...

—Usted tranquilo —replica el capitán y añade en un susurro —. Esta misma noche los pongo a los dos cara a cara para que aclaren esto y mañana usted vuelve a dormir tranquilo.

Todavía un poco renuente a tragarte la buena voluntad del jefe, intentas decir algo, pero con un gesto, él te detiene:

—Ahora entra a la celda —su mano apretuja tu hombro y luego te da un leve empujón.

—¿No van a cambiar el colchón? —preguntas ya dentro de la celda, mientras uno de los guardias tranca la reja.

—No hay colchones ahora mismo —dice el capitán —. Ah, y pégate aquí —con la mano, palmotea los barrotes.

Lentamente, te acercas a los barrotes. Del otro lado, él está tan cerca que puedes oler su aliento a café y cigarrillos.

Te dice en un susurro:

—Si vuelves a montarme otro numerito como el de hoy, en vez de por el estómago, la tonfa se va a meter por otro lado, ¿oíste?

Sospechas que si hablas, la voz te saldrá floja.

—¿Oíste?

Asientes.

—Bien —el capitán Espinosa da un paso atrás y su distanciamiento te devuelve una fracción de alivio —. Si todo marcha bien, nos veremos esta noche.

IV

A la una de la mañana, tus oídos captan un eco distante. Al principio piensas que es un sueño, pero la presión en tus costillas te hace levantar medio cuerpo de la litera.

—Arriba —repite el guardia, de pie a tu lado.

—¿Qué pasa?

—Tienes que venir con nosotros.

Miras hacia la reja de la celda: está abierta y hay otro guardia afuera.

—¿Para qué? —preguntas.

—¿Tú no querías saber quién te meó el colchón, chico? —el guardia golpea con su tonfa uno de los tubos de la litera. El sonido, estridente, hace que el resto de tu cuerpo se espabile —. Entonces arriba, que el capitán Espinosa ya te resolvió el problema.

Sales de la cama, pero una leve desconfianza impide que camines.

—¿Cómo es eso de que resolvió mi problema?

—No preguntes tanto y camina, coño —ahora la tonfa palmotea tu hombro, igual a la mano del entrenador que anima a su jugador a salir al terreno.

Y tú sales.

Un guardia va delante, el otro detrás. Tú, en el medio, guardias silencio mientras avanzan a través del largo y ancho corredor del pabellón. Las celdas a ambos lados se sumen en las penumbras y dos o tres ronquidos esporádicos turban la quietud de la madrugada.

—¿Adónde vamos? —quieres saber.

—A los baños —te contesta el guardia que camina delante —. Allí tenemos trancado al tipo que te hizo lo del colchón.

—¿Y el capitán está con él?

Oyes un bufido a tus espaldas, seguido por la voz del guardia detrás de ti.

—El capitán hace rato que fue para su casa —dice —. Pero nos ordenó hacer esto.

Llegan hasta las duchas. Frente a la puerta, los guardias te detienen.

—Antes de entrar tenemos que dejar una cosa clara —dice el que te despertó —Vamos a darte veinte minutos con ese cabrón, ¿okay? Le haces lo que te dé la gana, pero los dos me salen vivos del baño. Cualquier problema, das un golpe en la puerta y entramos, aunque no creo que te dé muchos; lo esposamos antes de meterlo ahí.

Te limitas a asentir. Tienes todo tan fácil que te carcome la ansiedad de iniciar tu venganza.

Uno de los guardias abre la puerta de los baños.

—Disfruta —dice luego de que entres. Entonces, cierran la puerta. Oyes el tronido de la cerradura cuando la ponen.

"Llegó el momento"; piensas mientras echas un vistazo a la habitación. Es enorme y azulejada; a la izquierda están las duchas, cada una dispone de una pared que la separa de la otra. Justo al frente divisas los inodoros, divididos en cubículos, todos deberían de tener puertas, pero queda solo uno con dicho privilegio. Y en ese está el tipo, el cabrón que te jodió.

Lo sabes porque la puerta del cubículo no llega al suelo y puedes ver sus pies abajo. La emoción te ciega un instante y cuando logras aclarar los sentidos, ya es muy tarde. Cuando tus ojos, ya libres de los vendajes que las ansias ciernen sobre la vista, notan las botas que cubren los pies del tipo, rechina la puerta al abrirse.

Antes de verlo, oyes su voz:

—Así que te gusta matar policías, ¿no?

—¿Tú? —alcanzas a musitar. Empiezas a retroceder, aunque el orgullo lograr detener tus pies.

—¿No prometí que iba a encontrar al que te meó el colchón? —el capitán se detiene a un metro de ti y caes en un detalle que el miedo mantuvo escondido a simple vista. El tipo no lleva tonfa

—Pues aquí lo tienes —añade él, encajando las manos en los bolsillos — ¿A qué esperas, macho?

Y tú sientes, poco a poco, retornar las ansias de obtener retribución, que ahora incrementan a sabiendas de que el goce valdrá por dos. Le harás pagar lo del colchón, y en especial por eso que te hizo el primer día.

Corres hacia él y le lanzas un puñetazo con la derecha. El capitán saca la mano izquierda del bolsillo y detiene tu golpe. Cuando te dispones a darle un gancho de zurda, él desenfunda su otra mano del otro bolsillo, pero ésta, a diferencia de su melliza, no emerge desnuda.

Sientes un estruendo metálico tronar en toda tu cabeza. Cierras los ojos. Se te aflojan los pies y caes sentado en el suelo del baño. Parpadeas varias veces y ya con la vista un poco limpia de aturdimientos, distingues la manopla entorno a los dedos del capitán.

Quieres decir algo, pero tienes demasiada sangre en la boca como para hablar. La escupes.

—¿Por qué? —chillas mientras él camina hacia ti — ¿Por qué maté a un policía, a uno de los tuyos?

—Sí, mataste a uno de los míos —intentas incorporarte y el capitán, de una patada, te devuelve al piso — ¿Qué esperabas, salir así tan fácil?

—¡Me trancaron toda la vida, maricón! ¡¿Eso te suena a salir fácil?! —tu voz fuera de control hace al oficial romper en una carcajada tan sincera que te horrorizan todavía más.

—Esa fue la condena de ellos —el capitán Espinosa llega a escasos centímetros de ti. Si eres rápido podrás patearle. Pero ese puñetazo revestido de hierro y ganas te ha dejó tan atolondrado y débil, que solo alcanzas a girar la cabeza cuando la manopla desciende veloz en dirección a tu rostro.

—¿Y la mía dónde la dejas? —lo escuchas añadir. Boca arriba, tienes la cabeza ladeada hacia la pared. Él te agarra por la camisa.

—Mírame —dice. Cuando no mueves la cabeza, el capitán te coge por el pelo y te obliga a obedecer —. Esto acabó de empezar, mi socio...

V

El capitán no fue imprudente a la hora de golpearte; eso debes admitirlo. Los primeros tres puñetazos te los dio en la cara, el resto los distribuyó en varios puntos del torso. Tras la paliza, los dos guardias que esperaban afuera del baño te llevaron a la enfermería. Allí, el médico de guardia curó tus heridas y pronosticó una semana de reposo antes de que pudieras reincorporarte al pabellón.

El capitán, quien escuchó el dictamen, te sonrió por encima del hombro del médico.

Y hoy, siete días después de lo del baño, es en esa sonrisa en lo único que puedes pensar cuando regresas al pabellón, de nuevo a tu celda, de nuevo al universo que pensaste regir y que ya no albergas la menor duda de quien lo maneja en realidad.

No pasa mucho tiempo para que el capitán haga aparición. Tú, acostado en la cama, todavía resentido de los golpes, ladeas la cabeza y lo ves afuera de la celda, de pie, con ambos brazos detrás de la espalda, la tonfa colgando de su cinto. Sin que su rostro pierda esa marcialidad que tú sabes es solo una máscara te murmura, con el tono de un amante que orquesta una reunión a escondidas:

—Nos vemos esta noche, en el mismo lugar.

Un calor húmedo invade tu entrepierna, las lágrimas te enturbian y los temblores de tus manos te empujan a cerrarlas en puños. Tus dientes tropiezan y hacen que la voz te salga floja y convertida en un tartamudeo chasqueado.

—¿Por qué? —le dices.

Y él te sonríe. Podría renunciar al goce que le provoca mantenerte en la incertidumbre. Quizás ponga fin al misterio y te cuente la historia de un muchacho pequeño, el menor de dos hermanos, pero sin dudas el más brillante, que pudo haber sido lo que desease en la vida, pues tenía talento, agallas, el sostén de sus padres y la vigilia siempre constante de su hermano mayor. Podría decirte que nunca estuve de acuerdo en que se volviera policía, aunque cuando reafirmó su decisión, no le retiré mi afecto; todo lo contrario, empecé a verlo como un hombre, ya capaz de valerse por sí mismo, sin necesidad de mi tutela y protección. Cuando me lo mataste en aquel callejón, no imaginaste lo que fue para una madre enterrar al más pequeño de sus niños, o la impotencia de un hermano, quien deberá llevar en su conciencia el bochorno y dolor que te maltratan a diario cuando sabes que, como hermano mayor, fracasaste.

Tú no sabes nada de eso y yo, ahora mismo, podría decírtelo. Ni te imaginas quien soy, quien fui y en lo que me estoy convirtiendo. Podría decírtelo y terminar con todo esto. Podría...

Entonces te veo, pavoneándote a través del pabellón, o en el patio, tan orgulloso de lo que hiciste. Y pienso en ese muchacho, que pudo haber sido lo que quisiera de no ser porque tú lo llevaste a ese callejón.

Porque le metiste dos tiros... ¡Dos! ¡¿Y por qué el último en la cara?! ¡¿Por qué nos quitaste el privilegio de ver su rostro una última vez?!

Desaparezco en mí mismo al verte, así como estás ahora, cubierto en orine y temblores. Odio el bien que me hace esa imagen y lo mucho que me consuela el hecho de que mientras yo trabaje en esta cárcel, esa imagen se repetirá bastante.

Y también lo hará mi respuesta... ¿Qué porqué, preguntas?

Porque a ti te gusta matar policías, ¿no?

LA FLOR MÁS BELLA EN ESTE JARDÍN

I

Esteban acomoda el espejito encima de la litera superior; lo apoya contra una de las barras para que se mantenga erguido y le entregue un reflejo completo de su cara. Entonces, coge el pomo de crema, unta un poco en su mano derecha y la esparce por sus cachetes y barbilla, en busca de los puntos donde renacen los vellos. Limpia los restos de crema con la toalla que rodea sus hombros, humedece la maquinilla y comienza a afeitarse.

Nunca ha sido de barba muy espesa, la suya es irregular, esporádica. Pero el Pisa Flores odia verle tan siquiera un pendejo en el cuerpo. Sus rosas vienen sin espinas o ni una mirada les dedica. Lo dejó bien claro la primera vez que Esteban se presentó en su celda, víctima de un violento pánico al saberse inmerso en un nuevo mundo, lleno de incertidumbres, en el cual acechaban infinidad de destinos fatales cuyo punto de partida sería la decisión que tomara nada más entrar. Eligió, pues, buscar el cobijo de uno de los miembros más temidos en ese sitio:

El Pisa flores, majestuoso en tamaño y poderío, excesivamente defensivo con quienes solicitaban su mecenazgo.

Esteban recién termina de despejar su mejilla derecha de la espuma blanca que la cubre. Sacude la máquina de afeitar en el lavabo, ahora la lleva de regreso a su rostro, en dirección al mentón.

—El jefe te busca —dice una voz a sus espaldas.

—Coño —Esteban deja escapar un suspiro de alivio por no haberse cortado: una afrenta que el Pisa Flores no perdonaría, a menos que las disculpas llegasen traducidas en el cumplimiento de variopintos castigos, todos de su invención.

Un chasquido de dedos provoca que sus ojos lancen una mirada de reproche hacia la derecha. El Tuerto, afuera de su celda, luce indiferente:

—Quítame esa carita de fiera y apura el paso que tú sabes que a él no le gusta esperar.

—Cuando termine aquí, voy —Esteban crea en la espuma de su otra mejilla una franja de piel al pasar la máquina; corta suave, una caricia filosa.

— ¿Y lo otro, ya lo afeitaste también? —la pregunta del hombre falla en turbar la mirada del joven, que sigue estudiando su reflejo en el espejito mientras el sendero que traza su mano conserva la estabilidad. Antes, sonreía con desdén al oír esa interrogante, en un intento de amortiguar el chiste, pero desistió de tal estrategia.

Esteban ha aprendido lo eficaz que puede ser el silencio, en especial para los secuaces como el tipo en el umbral de su celda, que respira hondo antes de decir:

—Oye, estoy hablando contigo, ¿oíste? —ya el insulto estropea su voz.

Ni una palabra le cede, tan solo un cabeceo.

—De verdad que se te ha subido la fama para la cabeza, mamita —dice el Tuerto —. Acuérdate que al final tú eres otro hueco más de los que usa el salvaje pa' quitarse las ganas. Ahorita llega otra más estrechita que tú y te lo levanta.

Esteban agita la mano que tiene libre en un grácil gesto de desprecio.

—Ay, deja ese celo ya, mijo.

—Contigo fuera el último con el que yo me enredara, chama.

—Sabes que no puedes —replica de inmediato Esteban; entonces sí mira en dirección al Tuerto, a su ojo izquierdo, una cuenca sin iris ni córneas, rellena de vidrio —. Bien caro que te costó hacerte el mano suelta.

Devuelve la vista al espejo, aunque antes, pudo vislumbrar la contracción en las facciones del Tuerto, quien da un paso que lo deja en el interior de la celda.

—Mira, tronco e'... —con el rabillo del ojo, Esteban nota una mano alzarse, pese a que la velocidad del movimiento se ve disminuida por el miedo.

—Cuidadito —advierte el joven —. Una palabra mía y van a tener que cambiarte el apodo.

El Tuerto retrocede al tiempo que su mano desciende. Lo deben de atormentar los recuerdos de un hierro que, atrapado en el firme agarre del Pisa Flores, le despojó de su ojo izquierdo. Todo por írsele la mano con uno de los ejemplares de su jardín.

—Acaba de terminar —insiste el Tuerto.

Esteban limpia el último resquicio de espuma en su barbilla, sacude la máquina y se lava el rostro. Luego, humedece la piel rasurada con el *aftershave* que le consiguió el Pisa Flores. Olor a lavanda. El mismo que usaba en los días anteriores a ir preso, no tan lejanos, pero sí remotos, casi extraños, cual si ya su tiempo en prisión le hubiese robado la potestad de sus propios recuerdos. A medida que transcurre el tiempo, Esteban ha descubierto que la persona que es ahora, y las memorias de quien fue, ostentan un contraste tan radical que unificarlos y decir que es el mismo resultaría un sinsentido.

—Permiso —dice Esteban, ya listo y de pie a la puerta de la celda, donde el Tuerto, parapetado, demora varios segundos en apartarse, no sin lanzarle con su solitario ojo una mirada de desprecio que ya el joven sabe desenmascarar como un auténtico deseo reprimido.

Escucha los pasos del Tuerto a sus espaldas mientras los suyos lo dirigen hacia la casa del Pisa Flores. Huele el humo del tabaco, a pesar de la distancia. A escasos centímetros de la celda, distingue la humareda emerger entre los barrotes.

Su señor anda de buen ánimo, de lo contrario, no hubiese encendido uno de sus habanos.

—Entra —le dice cuando Esteban se presenta en el umbral de la celda. El Pisa Flores, sentado en la litera inferior, quita el tabaco de su boca y dedica un rato a observarlo. Sin mirar afuera, el negro imponente dicta una orden —: Déjanos solos, Tuerto.

Esteban sonríe, pues aunque se halla de espaldas al Tuerto, puede imaginarse su cara al recibir la orden.

A solas con el Pisa Flores, el joven da un paso hacia la litera.

—Puedes sentarte —dice el negro. Esteban espera un segundo, a que el amo se palmee el muslo para invitarlo a ocupar el puesto que le ha reservado solo a él. Pero en esta ocasión, el Pisa Flores, silencioso, lleva el tabaco de regreso a su boca. La punta del habano refulge un par de veces mientras el gigante jala el humo y lo expulsa en dos enormes bocanadas.

—¿No notas el pabellón un poco vacío? —dice sin mirar a Esteban, quien tras sentarse junto a su señor, echa un vistazo afuera.

—Es horario de patio —señala el otro.

—Aun así, falta gente aquí, y eso solo puede significar una cosa.

—¿Qué?

—Hoy entran presos nuevos —el Pisa Flores se lame sus gruesos labios, luego apresa el tabaco con ellos y añade —:Flores frescas.

Esteban frunce el ceño; lo asalta una extraña inquietud, a la que le cuesta trabajo buscarle un responsable. ¿Serán celos? De ser así, que súbita e irracional su aparición; pues en el fondo, el Pisa Flores no le provoca sentimientos de índole romántica. Representa la herramienta por excelencia, su salvoconducto de vuelta a la sociedad, una dolorosa necesidad, la cual, después de tanto tiempo expuesto a ella, forzó a Esteban a convencerse de que le guardaba afecto al Pisa Flores. La alternativa: sucumbir a los reproches de su orgullo varonil —que de vez en cuando le repite que ha venido al tanque a convertirse en la putica de alguien —solo logrará destrozar los escasos fragmentos de nervios que le quedan.

Celos no; se dice el joven mientras el Pisa Flores, a su lado, le agarra la mano y la lleva a su voluminosa entrepierna, donde Esteban palpa un rascacielos erigido a base de músculo y venas; la bestia que si no se le alimenta pronto, arruinará el pantalón que a duras penas intenta mantenerla lejos del mundo exterior.

—Mira como ando de nada más pensar en lo que viene por ahí —dice el Pisa Flores, cerrando los ojos —. Apriétamela, dale. Eso, suave.

Esteban sabe que debe hacerlo suave; sus manos, pese a la finura que las distingue, siguen siendo las de un hombre. El primer día que respondió al pedido de apretar el miembro del Pisa Flores, lo hizo con mucho fervor. El bofetón que vino después aun hoy lo persigue cual un profesor tenaz, para recordarle las consecuencias de suspender este examen.

—Eso, eso —dice el Pisa Flores, su voz decrece, en su tono burbujean ardiente una mezcla de desespero y lujuria.

Entonces la certeza golpea a Esteban. Celos no. Miedo. Fuerte, desconcertante. Miedo a que los nuevos presos y el aliciente que éstos despiertan en el paladar del Pisa Flores provoque en su máximo protector un cambio en el enfoque de su favoritismo.

¿Y si languideciera el apremio del señor por sus atenciones? Sería solo cuestión de tiempo antes de que se esfumaran otros privilegios, quizás hasta quedara revocada la ley de "manos lejos de mi rosa predilecta".

Un futuro tan oscuro siempre rondó los temores de Esteban, aunque nunca alcanzó niveles tan altos como para acaparar cada fragmento de sus pensamientos. No como ahora.

—Escúpela, mamita, anda —pide el Pisa Flores. Lo ruega. Esteban se inclina hacia delante, reúne saliva, la acumula en su lengua y al abrir la boca, deja caer un voluminoso gargajo sobre el miembro de su señor, que arquea el cuello. Su gemido de placer rebaja un poco los miedos del joven, quien acelera el movimiento de la mano.

Disfruta de ver a ese coloso de hierro negro sumiso a los movimientos de su mano fina. Durante breves momentos se invierten los papeles: él pasa a ser el amo, el otro su esclavo.

—¿Quién es tu favorita? —pregunta Esteban en un murmullo al que, igual a una almohada vacía, trata de rellenar con toda la sensualidad posible; a su derecha, el negro pretende articular palabras, pero solo deja escapar mugidos intermitentes; parpadea una y otra vez, atrapado en la vorágine de esos dedos, casi invisibles de la velocidad que adquiere a cada segundo esa mano.

—Dímelo —insiste un despiadado Esteban, cuya mano frena de súbito. Los ojos del Pisa Flores se abren y desmoronan su otrora expresión adormilada. Parecen a punto de estallar.

— ¡Eres tú, pinga! —la mueca de desespero se apaga cuando siente el retorno de la caricia de Esteban, quien de vuelta al ataque, aumenta el ritmo —. Dale, dale, dale, cojones...

Es la confianza restablecida en sí mismo lo que despierta una sonrisa en el muchacho al sentir el semen del Pisa Flores derramarse sobre su mano; una parte del chorro le llega a la muñeca e incluso cree haber sentido varias gotas impactarle el brazo.

"Vale la pena", se dice a sí mismo al sentir la mano del Pisa Flores acariciarlo por detrás de la nuca. Todavía el gigante, vencido por un instante, recupera el aliento.

—Oye, tengo que irme —anuncia Esteban, quien sabe que no existe mejor método para enganchar a un hombre como despertarle el apetito y dejarlo en su cama —, ahorita se acaba el horario de patio y no quiero tropezarme con tus socios.

—Ellos saben que no pueden ponerte un dedo encima —anuncia el Pisa Flores, que comienza a abrocharse el pantalón. El muchacho sonríe sin enseñar los dientes, cual si acabasen de decirle algo que supiese desde hace tiempo, aunque en realidad, le alegra obtener confirmación de que aún dispone de ese privilegio.

—De todos modos, tú sabes que después de lo del motín, los moderadores andan recios —repone —, y no quiero buscarme líos.

—Está bien —Esteban sonríe y se incorpora, con la intención de dejar la celda de su señor. Lo detiene en seco la voz del Pisa Flores, que añade: —Oye, mira pa acá.

Se voltea. Una expresión serena, libre de los desórdenes de la libido encendida, le devuelve la mirada.

—Yo no soy bobo, ¿oíste? —dice el Pisa Flores.

—¿De qué hablas?

—De las palabritas que me dijiste cuando estábamos jugando —sonríe el Pisa Flores; Esteban, con los ojos fijos en la dentadura de su señor, sabe que esas fauces no asomaron con buenas intenciones —. Yo sé bien por donde venías.

—De verdad que no entiendo —lo invade el miedo cuando el Pisa Flores, lentamente, se incorpora; su sombra oscurece el suelo a los pies de Esteban. Su señor da varios pasos que lo acercan a él. Ante su proximidad, el joven siente que el mundo se le apaga.

—Tú sí entiendes y bien —con el dedo índice, el Pisa Flores le pincha el pecho. —Y no te recomiendo volver a hacerlo. A mí me gustan las flores sin espinas. Cuando las sacan, las arranco de raíz, ¿okay?

A sabiendas de que seguir negándolo puede salirle más caro, Esteban se limita a asentir.

—Bien, puedes irte —lo último que ve el joven es la sonrisa del Pisa Flores. Luego se gira y siente la nalgada que le propina el gigante para impulsarlo fuera de su celda.

II

Desde su asiento en el patio, Esteban observa y escucha a los cuatro presos que juegan a los naipes en la mesa. Todos son secuaces del Pisa Flores. Tres de ellos sonríen mientras el Tuerto les reparte las cartas.

—¿A quién nos jugamos ahora? —dice una vez concluye. Deja el mazo en el centro de la mesa. A su alrededor, las expresiones se tornan pensativas.

—Al rubiecito de la compañía 2—sugiere Salazar, el económico, responsable de mantener sobornados a los guardias y algún que otro preso molesto de la penitenciaria. Él no necesita curtir sus músculos para que lo amparen de los otros: con su mente y el patrocinio del Pisa Flores tiene protección de sobra. En la lista que Esteban ha confeccionado de los reos más peligrosos del centro, ese flaco, de vista siempre afilada, obtiene un puntaje bien alto.

—Ese tiene pinta de ser hijo del maltrato —dice Julio, el capataz de las drogas en la prisión. Cualquier químico que circule a hurtadillas entre los recovecos clandestinos del centro, lleva su firma, o él conoce de su movimiento. Por ello, el Pisa Flores, quien a cada rato disfruta de juguetear con algún que otro fármaco en las despensas de Julio, lo considera uno de sus favoritos.

—Me juega —añade El Garra, un hombre bajo, pero de rostro severo y ojos inclementes. Se distingue por su escasez de palabras y abundancia de acciones. Como cobrador de los impuestos que mensualmente deben pagar los protegidos del Pisa Flores, a cambio de su auxilio, El Garra no conoce otro método que el de preguntar una vez, quizás dos si anda de buen humor. Luego, sin formar mucho alboroto ni socorrerse en advertencias, empieza a romper dedos.

—Bueno, no se diga más —concluye el Tuerto, quien con un cabeceo, agrega —: Levanten esas cartas, que el que se lleve esta mano, se hace dueño del rubio.

Todos sonríen, separan sus respectivos naipes de la mesa e invierten largos segundos en pinchar la pulla oculta detrás de la primera carta. "La primera influye, pero la segunda es la matadora"; le dijo en cierta ocasión el Pisa Flores, cuando a Esteban lo mordió la curiosidad respecto al juego.

Él nunca fue un adepto a los juegos de mesa, ni durante la niñez y mucho menos en la adolescencia. La vida costaba muy cara y su madre, adicta a tantas cosas menos al trabajo y a brindar sostén a su hijo, le enseñó desde muy pronta edad a ganarse los pesos, sin importar la vía a transitar para conseguirlos. De todo hizo Esteban, con tal de recortar la cantidad de noches de irse hambriento a la cama. Quizás no cayó en demasiadas bajezas, reflexiona, aunque sí en las suficientes para no le parezca tan repulsiva la idea de ser la puta de un negro en prisión.

Después que los jugadores desechen las cartas que no le acercarán a la victoria, el Tuerto reparte por segunda vez. Regresan entonces los ceños fruncidos, los dedos presionados encima de los naipes y moviendo lentamente el de atrás, hasta tornar visible una insinuación de cuál es su identidad. Boca arriba sobre la mesa yacen una Reina, una Jota y un nueve. Todos los hombres apuntan a la corona.

El Garra enciende un cigarro y lo pasa a los demás que, inspirados por su humo, ahora sacan los suyos. Cada uno prende. Pronto, una humareda envuelve la mesa en un ambiente de casino carcelario.

Esteban mira de soslayo a su derecha. El Pisa Flores, sin camisa, acostado sobre el banco de pron, baja y sube la barra, cuyos extremos, rebosantes de pesas cada uno, no logran despertar el mínimo temblor en sus brazos teñidos de venas y sudor, que las bajan y suben, al ritmo de la respiración pausada del Pisa Flores.

—¡Me cago en la madre que lo parió, cojones! —exclama de súbito Salazar, que propina un puñetazo a la mesa, justo en el sitio donde reposan las cartas que recién volteó, aparentemente seguro de una victoria. Niega con la cabeza y no quita los ojos de las cartas que descansan frente a Julio; dos jotas, ambas risueñas de saberse vencedoras de la Reina y la Jota que ostenta Salazar. Trío derrumba a Tanque.

—Ya saben, caballero —El Tuerto usa el dedo índice para señalar a cada uno, menos a Julio, a quien le envuelve el hombro con el brazo —. A partir de hoy, el rubio del pabellón 2 ya tiene propietario. La pieza de Julio no se toca, ¿estamos?

—Sí, sí —corean los contendientes vencidos, sus tonos bajos por la derrota.

Esteban dirige la mirada a El Tuerto y nota que el secuaz del Pisa Flores le enfoca con su único ojo.

—Bueno, Julio, todavía no podemos andar reclamando propiedad de nada —dice el Tuerto, sin dejar de mirar a Esteban, entonces esboza una de sus sonrisas —. Acuérdate que el señor puede reclamarlo si quiere... ¡Jefe!

—¿Qué? —contesta el Pisa Flores; acaba de colocar la barra en las bases. Permanece tendido en el banco, no ladea la cabeza, solo respira.

—¿Le interesa un rubio fresquito de la calle? —todos los hombres sentados a la mesa giran la cabeza en dirección al Pisa Flores, pendientes de su respuesta. Julio luce particularmente nervioso. El Tuerto, sereno y con el goce palpitando a plenitud en su expresión, mira fijo a Esteban, quien intenta evitar que los pensamientos que recorren a toda velocidad su mente devoren la aparente calma en su semblante.

La respuesta del Pisa Flores tarda tanto en llegar que cuando su voz finalmente irrumpe a través del silencio que siguió a la pregunta del Tuerto, Esteban se estremece:

—No estoy para quitarle nada a nadie hoy —se incorpora y estira los brazos, el gesto dibuja los bordes de cada uno de los músculos —. Julio se ganó a ese chama. Al César lo que es del César.

Un aire victorioso distingue la sonrisa que ahora Esteban le brinda a al ojo sombrío del Tuerto, quien recoge las cartas, las baraja y comienza a repartir.

El Pisa Flores se traquea los dedos, siempre hace lo mismo momentos antes de retornar al maltrato endurecedor de las pesas.

—Oigan, mi gente —retorna la voz del Tuerto. Sonriente, reparte las cartas y dice—: Vamos a ver si dejamos algunos de los nuevos fuera de las apuestas, no vaya a ser que al jefe le entre hambre después.

En esta ocasión, el Tuerto mantiene su ojo retador fijo en los hombres a su alrededor en la mesa. Esteban ladea la vista hacia el Pisa Flores. Su amo no pronuncia palabra, respira hondo y vuelve a acostarse para agarrar las pesas.

III

A solas con su cigarrillo suave, Esteban se regocija en la caricia mentolada del humo contra su garganta. Acostado en la sección superior de su litera, coloca la muñeca a la altura de los ojos para consultar la hora: dos de la mañana. Aún no lo atonta el sueño. Tampoco puede dormir. No hasta que llegue el Señor. Prometió venir a visitarlo.

—Espérame después de las doce —dijo el jefe a la hora de la comida —. Te llevo una sorpresa.

En el mundo del Pisa Flores, la palabra "sorpresa" significa muchas cosas, desde un obsequio material hasta la eyección de su simiente, que en estos momentos, Esteban acogerá sin reparos e inclusive con un gusto más próximo al placer que a la usual actuación que rige sus encuentros sexuales con el Pisa Flores. En estos tiempos, de carnes frescas y tentaciones al acecho, que el Señor se cebe de su cuerpo se adivina en la mente del joven como la mejor reafirmación de que sigue en pie su atalaya contra las amenazas de los cuervos de la cárcel.

Ruidos aun distantes, pero que no escapan al oído atento de Esteban, le hacen apagar el cigarro y sentarse en la cama. Puede oír el retumbar de las botas del guardia, el tintineo de las llaves en su cinto, que golpetean el costado del pantalón al ritmo de sus pasos.

La silueta del guardia surge a la derecha y se detiene al exterior de la celda de Esteban. Demora un instante en girarse hacia él. Un hombre en uniforme al que la oscuridad le priva de toda su humanidad. Solo una figura lóbrega, sin ojos siquiera, inclusive cuando habla su boca parece no producir movimientos, extraviada en los artilugios que urde la noche sobre la prisión.

—Tu papi está aquí —dice el guardia mientras separa las llaves de su cinto para escoger la que consentirá el ingreso del Pisa Flores a la celda de Esteban.

Una vez abre, el hombre en uniforme se marcha. La sombra del Pisa Flores oscurece aún más las tinieblas que tapizan el suelo de la penitenciaria. Cuando Esteban lo ve, primero experimenta nervios, luego la necesidad de bajar de la litera. Se dispone a hacerlo, pero lo frena un gesto del Pisa Flores.

—Quédate ahí —el jefe entra a la celda. El tabaco encendido le ilumina una leve porción del rostro cada vez que aspira. El Pisa Flores se queda de pie y apoya la espalda en la pared.

—A ver cómo te explico esto —comienza, pero guarda silencio de súbito. Tarda varios segundos en continuar. Antes, quita el tabaco de su boca —. Mira, se está dando un problema aquí que no puede quedarse sin solución.

—¿Cuál? —pregunta Esteban, intrigado y al mismo tiempo contento, pues intuye que esta noche, el jefe no acudió a él en busca de favores carnales. Persigue su consejería. Mucho mejor. Ha ocurrido anteriormente y después de cada palabra sabía que Esteban le susurra al oído, el jefe le coge más afecto. Aparte de buen amante, el niño también le sale un gran confesionario, el receptáculo de los secretos que no puede conocer ninguno de sus secuaces en la cárcel, acostumbrados a la versión de hierro del Pisa Flores.

—Sabes que entró un nuevo lote de reos —dice el jefe.

—Anjá.

—Y sabes lo que yo hago cada vez que eso pasa.

En esta ocasión, Esteban cabecea, incapaz de destrabar el "sí" que pretendía soltar. Los nervios y una sospecha aprisionan sus palabras.

El Pisa Flores da una cachada al tabaco, vuelve a sacarlo de su boca:

—Eso no va a cambiar —el humo que brota de sus labios, espeso y de suaves movimientos, intoxica aún más su afirmación —. No puede cambiar, o se arriesgan muchas cosas. Tú sabes bien que en este lugar, la reputación es una de las cosas más valiosas que un hombre tiene.

—¿Esa es la razón, o es que tienes ganas de desayunarte a alguno de los nuevos?

Esteban comprende al instante que se equivocó. Lo arrastró el miedo a perder su cobijo. Ya es muy tarde, se recrimina. Solo le queda observar, mientras el pánico comienza a invadirlo de punta a cabo, al Pisa Flores fruncir el ceño, inclinar la cabeza hacia el hombro izquierdo y despegar la espalda de la pared para acercarse a él a paso lento.

El gigante se coloca entre las piernas de Esteban, quien a pesar de hallarse sentado en la sección superior de la litera, descubre que su señor está casi a igual altura. El Pisa Flores apoya ambas manos encima del colchón, su figura ahora envuelve a Esteban, lo aprieta igual a las ventosas de un centenar de tentáculos, que le priva de cualquier escapatoria, excepto la de subyugarse al peso de sus ojos y de esa voz que le susurra:

—Me parece que te estás equivocando... Desde hace un tiempo para acá creo que has invertido los roles en nuestra relación. Vaya, me da la vibra de que quieres coger las riendas.

Esteban no contesta, sospecha que no podrá hacerlo a menos que lo liberen del hostigue de esos ojos. Al parecer, el Pisa Flores lo nota y retrocede un par de pasos para agregar:

—No sé, a lo mejor ando imaginándome cosas —ofrece la espalda a Esteban, quien, sabiéndose propietario de unos momentos de reposo, los invierte en recuperar el aliento — ¿Ando equivocado?

—Sí... —su voz sale en un débil murmullo.

—Menos mal —el Pisa Flores exhala en una fingida demostración de alivio. Camina hasta la reja de la celda. Allí lleva el tabaco a la boca y mira de soslayo a Esteban —. Y sí, ya le tengo el ojo puesto a uno de los chamas nuevos. Te lo dejo caer desde ya para que me evites las caritas y las pullas. Acuérdate que en este jardín, todas las flores son mías. Y cuando las nuevas entran, hay que atenderlas rápido o les salen espinas.

Esteban baja la vista. Lo asaltan unas ganas tremendas de llorar. Acaban de extirparle todas sus esperanzas de mantener a la máxima autoridad de la cárcel fiel a su lado. Pero todavía queda la esperanza de conservar su estatuto de favorito; preservarla conlleva una sola opción. Someterse.

—Está bien —dice, respira hondo y mira al Pisa Flores —, entiendo.

—¿Ves? —su señor esboza una sonrisa, se saca el tabaco de la boca y lo usa para señalar a Esteban, igual a un profesor que lo exhibe de ejemplo ante toda la clase —. Por eso te escogí entre todos los de tu lote. Obediente —el jefe, de nuevo, le apunta con el tabaco, aunque ahora, el cambio en su expresión avizora que las intenciones no son las mismas de momentos atrás —. No olvides que eso es lo que te mantiene con vida. Nada más.

—Lo sé.

—Bien —el Pisa Flores sale de la celda y se gira hacia Esteban —. De todos modos, no quiero que cuando me veas con mi nueva adquisición, te entre un ataquito de celos y andes por ahí en la salsa con otros, tratando de encenderme la sangre. A ustedes las puticas les da por eso a cada rato. Por eso te traigo un regalo.

El Jefe mira a su derecha y con un cabeceo, invita a que se acerquen cuatro figuras que al colocarse en torno al gigante, provocan en Esteban el deseo de acurrucarse entre las sábanas y dar caudal a toda una avalancha de gritos.

Julio, El Garra, Salazar y el Tuerto sonríen al mismo tiempo cuando su señor dice:

—Encárguense de esta florecita. Me parece que anda sacando espinas.

Mientras el Pisa Flores permanece afuera, los cuatro hombres entran a la celda.

—Papi, papi, por favor, no —dice Esteban, casi a gritos, al sentir unas manos asirle el pantalón y jalarlo. Se aferra al borde de la litera. Mira al Pisa Flores, quien lleva el tabaco a sus labios y aspira: el fuego ilumina la serenidad en su semblante.

—No, no, papi, por favor —Esteban cae al suelo; se retuerce e intenta resistirse, un puñetazo le cierra los ojos, la patada en sus costillas le arranca un grito. Una voz penetra punzante en sus oídos:

—Ve preparando los huecos, maricona.

Esteban abre los ojos y busca al Pisa Flores, lo halla a la entrada de la celda, todavía de pie, con el tabaco preso entre sus voluminosos labios. El gigante mantiene una mano alrededor de uno de los barrotes. Con la otra, suavemente, comienza a acariciarse la entrepierna.

Esteban deja de verlo cuando lo colocan boca abajo. Despedazan su pantalón. Escucha las sonrisas. Nota ese inconfundible aliento encendido detrás de su nuca y de inmediato sabe que el Tuerto será el primero.

IV

Una mezcla de vergüenza y dolor le empujan a no soltar la almohada con la que se tapa la cabeza. La hinchazón es mucha y cada golpe en su cuerpo le palpita. Los peores están en la cabeza, cerca de los ojos y de los labios. Las voces de los reos llegan atenuadas a sus oídos. Acaba de terminar el horario de almuerzo y todos deambulan por el pasillo central, saboreando los veinte minutos que los guardias les conceden antes de devolverlos a sus celdas por el resto del día.

Esteban constantemente cambia de posición en la cama, acuciado por sus heridas. Si se mantiene largo rato en una pose, comienzan a exigirle movimiento.

Oye un leve silbido que pretende ignorar, pero el "oye" que viene después fuerza en Esteban un cambio de opinión.

Se quita la almohada de la cabeza y mira hacia el exterior de la celda, donde el Pisa Flores, apoyado el cuerpo contra los barrotes, lo observa. El arqueo de sus cejas indica una piedad que ya el muchacho desestima como auténtico teatro. Marionetas sin vida esas cejas.

—Ven acá —el gigante disfraza con un tono de petición su orden. Esteban necesita un largo rato para incorporarse de la cama. Al llegar al Pisa Flores, éste le acerca la mano a los bultos ennegrecidos que emergen a lo largo y ancho de su rostro. La caricia despierta un gemido en el joven. Todo le duele. Todo.

—¿Qué te dijeron en la enfermería? —quiere saber el gigante.

—Estaré bien en más o menos un mes.

—¿Y de lo otro? —el Pisa Flores mira hacia abajo un instante.

—De eso no les dije nada.

—Deberías haberlo hecho. Eso fue lo que más maltrato cogió.

—Harían muchas preguntas —replica Esteban, quien a duras penas mantiene las lágrimas en la periferia de sus ojos.

—Me hubieses culpado —el Pisa Flores sonríe —, aquí todos saben que eres mía.

—Ayer no lo pareció.

—Ayer fue la demostración de eso mismo. El dueño de ese cuerpo soy yo, y como su dueño, decido qué se le hace y quien lo hace.

—¿A eso viniste? —a pesar de casi ni sentirlo, Esteban sabe que está llorando — ¿A hundir más el dedo en la herida?

—Para nada —el Pisa Flores respira hondo —, vine a decirte que pronto me verás acompañado de mi nueva pieza. Ya le eché el ojo hoy.

—¿Quién es?

—El nuevo que le pusieron al viejo Vladimír. Ya sabes, el chama que está en la celda frente a la mía, al que le gusta andar siempre con la sábana tirada arriba.

—Ya —un rápido retroceso en sus recuerdos le trae a Esteban una imagen del joven al que se refiere su señor. Similar a él, en muchos aspectos: delgado, mediano y apuesto. El tipo del Pisa Flores. Quizás su próximo privilegiado. La nueva flor que lo desplace hacia lo que sospecha serán sus últimos días de recorrer sin preocupaciones los corredores de la cárcel.

—Ven acá —una de las inmensas manos del Pisa Flores coge a Esteban por el hombro y lo atrae a su pecho. Una vez allí, siente el dedo del gigante posarse en su barbilla y forzarlo a mirarle directo a los ojos —. No habrá malas caras, ¿verdad?

Él niega con la cabeza.

—Cero remordimientos, ¿no? —insiste el otro.

—Claro —tras asentir, Esteban retrocede y se ladea para regresar a su celda. Mira de reojo a su izquierda y lo congela en el sitio la silueta que ve acercarse. Es el joven, la nueva flor en ciernes del Pisa Flores, quien de espaldas, todavía no lo ha visto.

Antes de entrar a la celda, Esteban observa un momento al muchacho. Supone que viene a ofrecerse al Pisa Flores, igual que hizo él al segundo día de entrar allí. Lo ve acercarse, como hacía él, suave, determinado. Aunque hay algo diferente, algo que sacude a Esteban en un escalofrío. Demora un momento en descifrarlo pero finalmente cae en la cuenta. Identifica lo que acecha en la mirada de este muchacho, lo mismo que palideció en sus propios ojos, seis meses antes, segundos antes de voluntarioso, poner sus carnes a merced del señor. Esteban nota que los demás presos se apartan e incurren en murmullos cuando el muchacho les deja atrás. Entonces vislumbra la ofrenda que le trae al Pisa Flores.

Esteban sigue caminando y segundos antes de entrar a su celda, se estremece al sentir la nalgada que le propina su señor. Sigue caminando en dirección a la cama, logra llegar y se inclina para, lentamente, sin provocar al dolor con movimientos muy súbitos, acostarse.

Oye la voz del muchacho, proveniente desde el exterior:

—¿Qué hay, Pisa Flores?

Enseguida, todas las voces de la penitenciaria se someten al sonido que lanza cierto tubo de acero al golpear un cráneo. La intensidad del silencio amplifica el sonido, que se repite, se repite, se repite. Los cánticos del tubo pasan de secos y metálicos a húmedos y viscosos. Y siguen, una y otra vez.

Mientras tanto, Esteban, que logró acostarse sin lamentar mucho dolor, ladea el cuerpo sobre el colchón y se tapa la cabeza con la almohada.

¿QUIÉN ES DANTES?

En honor a Luis Rogelio Nogueras

I

25 de marzo

A: Coronel Leonardo Castillo.

De: Mayor Fernando Herrera.

A través de la presente le informo del intento de fuga que hoy, a las 0100 horas de la madrugada, llevaron a cabo un grupo de reos del pabellón 2. Ante todo, notifico que se logró evitar la consumación del hecho extraordinario, aunque ocurrieron bajas. Uno de nuestros oficiales resultó herido, así como uno de los reclusos. Ambos se hallan en terapia intensiva, con diagnóstico reservado.

Le adjunto (junto al informe detallado de los acontecimientos) la lista de los perpetradores...

II

Después del mediodía, los patios del centro penitenciario cobran vida. Centenares de reclusos toman por asalto cada recoveco del sitio. Divididos en pintorescos grupos y fáciles de separar los unos de los otros, saborean el aire fresco y la cronometrada libertad que les otorgan cada día tras el horario de almuerzo.

Algunos curten sus músculos en el pequeño gimnasio, a la derecha de la cancha de básquet, donde los reos ávidos de deporte sacian su apetito de competencia. Muchos eligen los bancos para jugar cartas, dejando al azar y a la picardía el destino de una de las monedas más valoradas en la cárcel: los cigarrillos.

Carlos se encuentra de pie, junto a una de las cercas que delimita el patio. Sus treinta y seis años apenas se reflejan en su cuerpo, que todavía conserva el vigor que lo distinguía desde los veinte. Su rostro sí muestra las cicatrices de la experiencia, en especial la mirada, penetrante y muy notable en sus ojos que no saben huir.

Acaba de prender un cigarro y mientras exhala el humo, repara en la inconfundible silueta de Víctor; que viene hacia él a un paso veloz.

—Dame uno de esos, hermano —dice al colocarse junto a Carlos, quien antes de cederle la cajetilla, inquiere:

—¿Qué averiguaste?

—Ñico sigue grave, y el guardia está peor.

Tan alto y grueso como una varilla, Víctor resalta por sus cejas que, siempre arqueadas, condenan su cara a una expresión de susto. " ¿Cuántas de las mujeres que violó y asesinó no cayeron víctimas de esa carita?"; se dice a sí mismo Carlos.

—¿Y con nosotros, no te enteraste lo que planean hacer?

—Oí algo de interrogarnos uno a uno.

El otro aspira largamente de su cigarro. Nunca ha soportado a Víctor. El historial delictivo del tipo lo repugna. Pero el flaco tiene contactos en la prisión de los que ningún otro reo puede jactarse. De lo que nadie se entera, Víctor ya lo sabe. Por ello Ñico insistió en meterlo al grupo, pese a la reticencia del resto de los miembros.

—¿Cuándo van a ser esos interrogatorios?

—No me supieron decir —responde Víctor —. Aunque tú sabes que esta gente no es lenta, y menos cuando uno de los suyos anda más pa' allá que pa' acá.

—¿Le contaste a los demás?

—No, tú eres el primero.

—Bueno, entonces pasa rápido el recado. Y me les dices que después de la comida, vayan directo a sus celdas. Quiero hablar con todos por separado.

— ¿Y eso?

—Eso no es asunto tuyo. Con Ñico herido, quien manda soy yo, así que menos preguntas y más diligencia.

Sin chistar, Víctor retrocede varios pasos y luego se da la vuelta. Los dedos de Carlos juguetean un rato con el cigarro reducido a una minucia. Finalmente, le da una última cachada y lo tira al suelo; su bota lo destroza.

III

"... No es que la prisión te desarrolle un sexto sentido; más bien te amplifica los que ya tienes. Te vuelves muy observador, todo un intérprete de miradas y gestos faciales. Lo haces porque tu vida depende de ello. A veces una expresión puede sugerirte las intenciones de alguien hacia ti, y en la cárcel no son siempre las mejores. El instinto también se fortalece, a medida que pasa el tiempo y te encuentras sometido a ese bombardeo de peligro diario que limita tus opciones a solo dos: adaptarte o perecer.

Me pides que te cuente en palabras sencillas cómo es esto aquí y ya ves que lo intento. Pero la verdad, solo existe una forma de conocer a plenitud la vida en prisión... Y eso no se lo deseo a nadie, mucho menos a ti..."

IV

25 de marzo
A: Mayor Fernando Herrera.
De: Coronel Leonardo Castillo.

A todos nos aflige la noticia del guardia que resultó agredido durante el intento de escape. Desde hoy, el paciente recibirá la mejor atención médica a nuestro alcance. No obstante la dicha que nos trae saber del trunque del escape, (gracias a la buena actuación de sus subordinados), me gustaría hacer hincapié en un asunto muy delicado, concerniente a Dantes. Se vuelve imperativa una extracción antes de que los otros reos involucrados en el escape reparen en su verdadera identidad y el rol que ha desempeñado en todo esto...

V

Tras la comida, los guardias conceden a los reos quince minutos de descanso en el pabellón, con las celdas abiertas. Carlos avanza por el corredor, pegado a la hilera derecha de celdas. Todos se quitan del medio al verlo aproximarse.

Él llega a la celda del Jabao, un tipo bajo pero corpulento que, erguido ante el váter, acaba de dar rienda suelta a un chorro de orine. Carlos vislumbra su ancha espalda, desnuda y oscurecida por un mural de tatuajes. El Jabao ladea la cabeza.

—Víctor me dijo que ibas a venir —dice y sonríe; al hacerlo, la cicatriz en su mejilla se deforma. Parece tranquilo, aunque eso a Carlos no lo sorprende. Pocas cosas espantan al Jabao.

—¿También te dijo lo de los interrogatorios?

—Sí, y eso me tiene un poco cruzados los cables —el chorro de orine pasa de ser constante a intermitente y luego desaparece. El Jabao agita la mano derecha un par de veces —. No es por ser pájaro de mal agüero, pero compadre, por lo que hicimos es pa' que nos hubiesen zumbado pal hueco sin tanta preguntadera.

—Ahí coincidimos —Carlos toma asiento en la litera inferior y prende un cigarro. El Jabao permanece de pie, ahora de frente a él —. Y si te soy franco, entre el fallo de la fuga y ahora este inventico de los interrogatorios me estoy oliendo cosas raras.

—¿Cómo qué?

—No tengo nada seguro, pero usted y yo sabemos bien que el escape debió darse.

—Bueno... —el Jabao arrastra la palabra y de inmediato Carlos arremete:

—Nada de "bueno". Debió darse y punto.

—Nadie es perfecto, hermano —intenta rebatir el Jabao pero el otro vuelve a robarle las palabras.

—El plan de Ñico era perfecto... Él y yo lo repasamos día y noche durante tres meses, de punta a cabo, hasta el último detalle. Y cuando algo tan bien elaborado se cae, mi socio, ¿por qué tú crees que sea?

El Jabao se cruza de brazos y encoge los hombros:

—Dímelo tú.

Carlos demora la respuesta un par de segundos. La ofrece en un murmullo:

—Alguien cantó.

Enseguida el Jabao arquea las cejas y descruza los brazos.

—No, no, no —a cada "no", la ofuscación insufla más y más su voz —. Ninguno de nosotros tiene razones pa' caer en esa mierda.

—¿Por qué no?

—Porque todos los que nos metimos en la fuga tenemos más de diez años echados arriba. El que menos tenía era Ñiquito, y mira cómo anda.

—Jodido —cabecea Carlos y después mira fijo al Jabao para agregar —: Porque alguien cantó.

El otro levanta los brazos y suelta un bufido:

—Pero compadre, ¿qué coño lo lleva a usted a pensar eso?

—A que el plan falló. A que ese guardia no debía estar ahí. Estaba porque alguien se fue de lengua.

—¿Quién, a ver? —el Jabao hace una mueca de incredulidad y burla —. ¿Víctor? ¿Javier? ¿Tú?

— ¿O tú? —replica Carlos, encendido su tono.

El Jabao da unos pasos en pos de él; tiene los puños apretados.

—Cuidado, ¿oíste? —advierte —. De todo en esta vida menos rata.

Carlos, impasible en la litera, tuerce el labio:

—¿Una rata no diría eso?

—Mira, maricón —el Jabao lo agarra de la camisa y en un segundo, Carlos se encuentra de pie, mirando el puño derecho de su compañero, a punto de embestirlo. Pero él ha sacado algo del bolsillo mientras lo levantaban y ahora el Jabao baja la vista al sentir el punzón tocarle el costado.

—Tú me avisas como termina esto —dice Carlos, empujándole otro poco el punzón contra la piel.

Pasan unos lentos segundos tras los cuales, la mano del Jabao comienza a liberar la camisa de su presa; la de Carlos regresa el punzón al bolsillo del pantalón.

—Yo no soy una rata —oye insistir al enano musculoso. En sus ojos no mora el reproche, aunque sí indicios de un orgullo herido.

Carlos respira hondo:

—Te creo —afirma, girándose hacia el exterior de la celda. Observa un instante a los reos que deambulan por el pabellón —. Pero alguien de nuestro grupo nos jodió, y por su culpa, Ñico está donde está.

—¿Cómo piensas encontrarlo?

—Quiero hablar con todos los del grupo a ver qué puedo averiguar, y tengo que hacerlo rápido, antes de que empiecen los interrogatorios.

—¿Y si lo coges?

Carlos, ya junto a la reja y a punto de salir, contesta sin girarse:

—¿Qué tú le haces a una rata si la coges?...

VI

"... Apenas nos hemos conocido y de mí solo debes tener recuerdos enterrados tan hondo que rescatarlos ameritaría el mejor hipnotista en la faz de la Tierra. El tiempo y mis circunstancias tampoco ayudan, lo entiendo y créeme que no pretendo rehuir o justificar las razones que me atan a este sitio.

A través de tus cartas demuestras poseer buen juicio y la capacidad de escuchar un rumor y no tomarlo como verdad absoluta sin antes realizar un frío y exhaustivo análisis; te pido que, en mi caso, hagas gala de dicha cualidad. Por favor, no cedas a los susurros de gente que proclama conocerme o que, en su propio mundo interior, se adjudican el rol de jueces. En cambio, acepta mi palabra, la del culpable, que a pesar de inspirar desconfianza, en ocasiones puede ser también la más honesta:

Ignora los murmullos y acepta la promesa de que algún día oirás de mis labios la razón que me trajo aquí, que me ha separado de ti y que nos empuja a usar el puente de las cartas, que calma, pero no sana la añoranza. Algún día y de frente, te lo contaré todo para que tú, el único tribunal cuyo veredicto me importa, dictes sentencia…”

VII

—Lo de los interrogatorios puede ser mil cosas —dice Javier, quien sentado en la litera superior de su celda, lo mira de soslayo, aguarda un momento y continúa —: Yo tengo varias teorías, ¿sabes?

Carlos, de pie y con las manos metidas en los bolsillos, le sonríe:

—A ver, dímelas.

Javier le agrada. Es muy joven, apenas en los veinte cortos, mediano de estatura, escuálido y sin una barba de la que vanagloriarse en su rostro de pequeñuelo. Debe tres décadas a la sociedad por quemar la casa donde vivía su padrastro, el hombre que abusaba de su madre. El problema fue que el incendio se expandió y devoró la casa aledaña, donde moraba una viejita, quien con su muerte, sumó otros diez años a la condena del muchacho.

Pese a la juventud que resta credibilidad a su figura, Javier es bastante célebre entre los reos del centro, debido a su destreza para obtener lo que nadie puede; de todo resuelve el muchacho, a través de su ingeniosa y discreta red de contrabando que lo mantiene a salvo, pues nadie quiere sacar de la ecuación a la variable capaz de solventar cualquier problema.

Pero sin importar sus talentos, de vez en cuando a Javier se le escapan esos destellos del muchacho que sigue siendo. Y ahora Carlos presencia uno. Justo después de pedirle que plantee sus teorías sobre el motivo de los interrogatorios, observa la mueca de alegría que ilumina el rostro de Javier, idéntica a la del niño que levanta la mano en clase y resulta electo para dar la respuesta entre una docena de ansiosos candidatos.

—Puede ser que intenten averiguar quién planeó todo —arranca Javier —. Acuérdate que Ñico está en terapia, inconsciente; y seguro los jefes quieren dar con el líder para cargarle más tiempo.

—A lo mejor —dice Carlos, con un cabeceo.

—Y está, claro, la explicación más sencilla.

—¿Cuál?

—Que, en el intento de escaparnos, uno de sus guardias terminó herido y ahora está colgando de un hilo. Eso le prende la sangre a cualquiera. Si yo fuera ellos haría algo parecido: primero dejarlos en población general y así, les meto un poco de confianza, después me escondo atrás de un interrogatorio para reventar a todos los que jodieron a uno de los míos.

—Esa también puede ser —asiente Carlos, sacando la caja de cigarros del bolsillo del pantalón —. Pero se te olvidó otra razón.

—Dime.

—Tal vez los interrogatorios son para descubrir algo.

—¿Qué?

—Si había otros guardias involucrados.

Javier, con el ceño fruncido, deja pasar unos segundos en silencio. Luego, niega con la cabeza.

—No, nada más había uno, y pa' colmo nos falló.

Carlos ríe para sus adentros; han llegado al punto que él deseaba.

—¿Y eso no te choca? —dice —. ¿Lo del fallo del guardia?

—Un poco, sí.

—¿Un poco nada más? A ese tipo lo teníamos cogido por los cojones y casualmente en su turno de guardia, lo cambian por otro: el que está ahora con Ñico en Terapia Intensiva —Carlos raya un fósforo y lo acerca al cigarrillo que se ha puesto en los labios; tras encender, mira a Javier con detenimiento a través de la cortina de humo que surge de su boca. El muchacho luce más confundido que inquieto.

—¿Qué me estás diciendo?

—Que a ese guardia no lo cambiaron por accidente. Lo cambiaron porque sabían que estaba con nosotros.

Javier arquea las cejas mientras su boca dibuja una mueca de perplejidad.

El otro no le da tiempo a hablar:

—Sí... Alguien nos caminó. Uno de nosotros.

—¿Quién?

Carlos lo mira y enseguida Javier lee la pulla en sus ojos:

—¿No pensarás que fui yo, no?

—Dime tú —replica él, inclementes sus facciones ante la expresión de insulto que exhibe Javier. No cree culpable al muchacho, pero tampoco lo exonerará sin cerciorarse.

—Ñico confiaba en mí —afirma el joven. Por un breve momento, su voz madura a la de un hombre, fuerte y decidida —. Y tú confías en él.

—Confío en Ñico —dice Carlos —, pero no soy él.

—No, pero me conoces, y sabes los planes que tenía cuando saliera de aquí. Hoy por la noche sale la lancha en la que yo debí haberme ido; ¿te acuerdas como pagué el pasaje y el de mi primo? Vendiendo mi casa, el lugar donde me crié. Ahora mi primo se va a largar de aquí y si yo logro salir del tanque, después de que me sumen más años a los que ya tengo por culpa de la fuga, ¿qué voy a tener? Ni casa, ni familia. Me parece que si fuera una rata, no habría vendido mi casa ni pagado lancha ni un carajo. Y aunque me cuadra eso de resolverle las cosas a la gente, disfruto más hacerlo afuera, en la calle, donde se gozan más las ganancias.

El cigarro languidece en la mano derecha de Carlos mientras él, con la izquierda, se masajea la sien:

—Quiero creerte, chama.

—Cree lo que quieras —el joven está haciendo gala de una serenidad que parece discordante en su rostro desnudo de vellos y su voz chillona de adolescente —. Con los años que todavía quedan por caerme, me importa poco que me cuelguen un cartel que, a la larga, tendrán que quitarme cuando se demuestre que cualquiera pudo haber hablado; cualquiera, hermano, excepto yo... Carlos, Carlos, ¿tú me oyes?

Pero Carlos no lo escucha, ya no lo necesita. Sus ojos siguen una de las siluetas que deambulan por el exterior de la celda de Javier.

La silueta de Víctor.

—Perdóname, Javi —dice al joven mientras se incorpora.

—¿Por dudar de mí?

—Por no sacarte de aquí —Carlos sale de la celda y enrumba sus pasos a la izquierda, en la misma dirección que tomó Víctor.

Lo dejó a él de último, al más cabrón de todos. Ahora le toca, y con este no será tan comedido. No lo merece. Lo tiene delante; conversa con otro recluso.

La voz recia del capitán Espinosa brota por el altavoz:

—Reclusos, regresen a sus celdas; terminó el descanso.

Varios oficiales ingresan al pabellón para asegurarse de que la orden se lleve a cabo. Carlos los ve, mira de soslayo hacia Víctor, quien ahora se voltea hacia él y le devuelve esa mirada de susto que nunca deja sus ojos.

Carlos le sonríe sin enseñar los dientes.

Ya lo cogerá después...

VIII

25 de marzo
A: Coronel Leonardo Castillo
De: Mayor Fernando Herrera

Hemos trazado un plan para propiciar la extracción de Dantes. Dicho plan, a pesar de sus grandes posibilidades de éxito, también posee el mismo nivel de riesgo. Mayoritariamente, todo depende de cuán bien Dantes desempeñe su papel y logre reconocer el camino que estamos abriendo en pos de su extracción. De lo contrario, su cubierta quedará expuesta y su vida en severo peligro. A continuación, le adjunto un documento con todos los detalles del plan. Esperamos su aprobación de este.

IX

Víctor, a solas en una de las mesas del comedor, se come el desayuno. Hasta que Carlos toma asiento frente a él. Entonces el flaco deja caer los cubiertos en la bandeja y echa el cuerpo atrás.

—¿Qué pasa? ¿Te molesto? —dice Carlos, quien, con el tenedor, parte en dos el huevo frito que yace en su bandeja.

—No —responde el otro en un carraspeo.

—¿Y a qué viene esa inquietud?

—¿No sabes lo que le pasó al Jabao y a Javier?

Carlos desvía la vista hacia Víctor.

—¿Qué?

—Anoche se los llevaron para lo del interrogatorio. Y hoy mi fuente me soltó que están en el hueco.

—Si están en el hueco no cantaron —Carlos mira de nuevo hacia su bandeja. De un golpe, clava el tenedor en el huevo frito y lo levanta —. De lo contrario, los hubieran devuelto al pabellón después del interrogatorio.

Carlos deja transcurrir unos segundos en silencio. Contempla como en el semblante de Víctor surgen poco a poco, más indicios de pánico.

—La rata sigue afuera —añade y acerca el tenedor a su boca. Al engullir el huevo frito, desviste los dientes del cubierto —. Y yo no tengo cola ni dientes largos.

Víctor parpadea.

—Ni yo tampoco, ¿oíste? A lo mejor andas dándole tantas vueltas a esto y no te has fijado en un sospechoso.

—¿Cuál?

—Ñico, compadre. Ñico.

En un movimiento rápido, Carlos le agarra la mano a Víctor y de un jalón, lo hace inclinarse sobre la mesa. Acerca el tenedor en su diestra al ojo del flaco.

—Si vas a hablar mierda, mejor ve al baño y cágala, pero delante de mí no vuelvas a poner en duda a Ñico.

—¡Está bien, está bien, chico! ¡Echa eso pa' allá, bróder!

Carlos retira el tenedor y suelta a Víctor, quien tras enderezar el cuerpo, se pasa una mano por el rostro, como si intentase borrar el susto que lo domina.

—Coño, hermano, te pones de...

—De pie —dice una voz.

Víctor mira por encima del hombro de Carlos. Allí, un guardia acaba de desenvainar la tonfa.

—Dije que de pie —y con el arma, da un toque en el hombro a Carlos, quien responde:

—Cuando termine.

—Ya terminaste —dice el guardia. Otros dos se colocan a su lado.

—¿Quién dice que terminé?

—Lo digo yo.

—Pero si todavía me queda el huevo hervido y este yogur —Carlos coge el vaso de yogur y en un giro súbito, arroja su contenido en la cara del guardia. Éste retrocede y sus dos compañeros se lanzan sobre el reo. Con la otra mano, Carlos ase la bandeja y logra estamparla en la mejilla de uno de sus atacantes antes de que el otro lo golpee en el hombro con la tonfa.

Cae de rodillas y escucha el alboroto que comienza a inundar el comedor. Los reos gritan y blasfeman, mientras golpetean con sus cubiertos las mesas.

Carlos levanta la cabeza y ve delante suyo a un tipo con la cara blanquecina y húmeda, cuyas mejillas gotean; pronto reconoce, bajo la máscara del yogur, al guardia que momentos atrás lo instó a ponerse de pie.

—¿Estaba rico, eh? —dice.

Oye el grito colérico del guardia, siente el golpe de la tonfa en su sien y antes de que caiga de lleno en el suelo, Carlos se desmaya...

X

Cuando vuelve a la realidad, escucha el sonido de sus pies que se arrastran por el suelo. Parpadea y ve el piso desplazarse bajo él, lento. Los brazos les cuelgan a ambos lados del cuerpo, igual que si pendiese de una cruz. Una cruz que lo arrastra.

Oye una voz a su izquierda.

—Debería molerte a palos por la gracia esa del yogur.

Y pronto cae en la cuenta de lo que sucede, al alzar la cabeza y ver una puerta al fondo del angosto pasillo por el cual le conducen los dos guardias. Llegan a la puerta y mientras el de la cara manchada de yogur lo sujeta, el otro toca dos veces, espera un momento y vuelve a tocar.

Enseguida abre un oficial, entrado en años, de nariz ancha y bigote tupido.

—Déjenlo en la silla —dice a los guardias luego de cederles el paso.

La habitación es pequeña y en ella reina un ambiente parco, las paredes blancas, desérticas, ningún cuadro u adorno; tan solo un escritorio, sin nada encima. Hay dos sillas a cada extremo. Los guardias colocan a Carlos en una y se retiran.

El oficial toma asiento en la de enfrente.

—¿Esto qué cosa es? —quiere saber Carlos.

—Algo parecido a lo que hicimos con los otros dos —contesta el otro, que saca una caja de cigarrillos y la pone sobre la mesa — ¿A qué vino esa bronca con los guardias?

Carlos estira la mano hacia la caja de cigarrillos y la coge, sin que ocurra el menor cambio en la expresión del oficial.

—Ya con el inventico ese de los interrogatorios me comprometieron bastante —dice el recluso —. No se pueden perder las apariencias.

El oficial sonríe; en su rostro asoma una leve mueca de vergüenza.

—Fue lo mejor que se nos ocurrió para sacarte —replica —. Hicimos pasar a todos por un breve interrogatorio. Les dijimos que era para intentar averiguar quién ideó todo el plan. Ninguno habló, así que los pusimos en el hueco, donde debían estar desde que los agarramos. Ahora, para los otros reclusos, tú estás pasando por el mismo proceso, y por supuesto, terminarás en el mismo sitio que los otros. A Víctor lo dejamos fuera y no lo vamos a traer siquiera. Y como no se le interrogó y escapó del hueco, todos pensarán que fue él quien cantó. De tal modo, tú sales libre de culpa.

—Interesante —Carlos asiente, pero todavía no luce muy convencido —. Aunque pronto se darán cuenta que yo no estoy en la prisión.

—Por eso organizaremos traslados para ti y los otros dos reclusos a otros centros penitenciarios. Víctor seguirá aquí, con todas las sospechas girando en torno a él. También tenemos agentes metidos en el pabellón que avivarán los rumores en contra del tipo.

—Pudieron esperar otro poco más y elaborar un plan mejor —objeta Carlos, reticente.

—Teníamos que sacarte. El riesgo de que alguien descubriera tu cubierta era serio.

—Lo dudo; el que podía descubrirlo todo está ingresado en el hospital.

—Y por lo que me informaron la última vez que llamé, puede que se quede ahí.

—¿Ñico empeoró? —el tono de Carlos hace que el oficial parpadee varias veces y frunza el ceño.

—¿Te preocupa el recluso? ¿No habrás olvidado que apuñaló cuatro veces a un oficial mientras intentaba escaparse?

Claro que lo recuerda. Él estaba ahí, él intentó evitarlo; pero Ñico fue rápido; Ñico quería irse, necesitaba irse.

—No lo he olvidado —deja la caja de cigarrillos sobre la mesa, sin sacar uno.

—Lo bueno de todo esto es que el guardia presentó mejorías, y los médicos ven un buen chance de que se recupere.

—Menos mal.

—En cuanto a ti —el oficial recoge la caja de cigarros, el objeto más colorido en toda la habitación, y la devuelve al bolsillo —. Hoy irás al hueco junto a los otros dos y mañana los tres serán trasladados a distintas prisiones. A ti te dejaremos de último y ya sabes a cuál prisión irás.

Carlos ríe levemente:

—Mi mujer me espera con los barrotes abiertos —dice —. Oiga, jefe, ¿me puede disculpar con Ale por lo del yogur?

XI

26 de marzo

A: Coronel Leonardo Castillo

De: Mayor Fernando Herrera

Ayer me entrevisté con Dantes y puntualizamos los detalles concernientes al plan de extracción. Lo noté un poco reacio al principio, tal vez resentido porque no le informamos de antemano sobre el plan y se vio forzado a improvisar. Hoy a las diez de la mañana se efectuará su extracción bajo la cubierta de un traslado. Posteriormente será devuelto a la sociedad.

Sin embargo, le informo que Dantes ha solicitado (con bastante vehemencia, cabe añadir) que antes de transportársele a casa, se le permita realizar una visita al Hospital...

XII

Anochece cuando él toma asiento en la cama donde yace el paciente. Con la excepción del pitido constante de las máquinas, reina el silencio en el cuarto.

Él no se llama Carlos, tampoco Dantes ni ninguno de los otros tantos nombres que ha tenido a lo largo de su vida. No es distinto a nadie, solo tiene un nombre. Por el que lo llama su mujer y quienes le conocen de verdad. A los otros les define como antifaces, que se cierne a voluntad, pero sin nunca renunciar a la esencia que lo define.

Carlos fue su traje más reciente, el que usó en pos de circular desapercibido entre los reclusos de aquel centro penitenciario, y detectar cualquier signo de disturbios. Allí conoció Ñico que, condenado a veinticinco años por asesinar a dos hombres durante una pelea de bar, se le acercó con un plan de escape. Carlos lo juzgó el típico sueño de cualquier reo: mucho ruido y pocas nueces. Sin embargo, al notar las posibilidades de éxito y recibir de boca del propio Ñico el dato de que uno de los guardias estaba corrupto, Dantes hizo su trabajo.

Le pidieron mantenerse allí, dejar que la cosa corriera para así coger a los infractores en el acto. Y lo lograron, pero no sin antes de que Ñico sucumbiera al desespero, pues ya a punto de escapar, descubrieron que habían cambiado al guardia que debía estar en el punto de salida para sacarlos. Dantes hizo que lo cambiaran, y Ñico, cuya hija de catorce años se muere de leucemia sin que él pueda salir a verla, abdica de su ingenio y corre hacia el nuevo guardia. Lo coge por detrás y le apuñala cuatro veces con un punzón. Pero cuando Ñico sigue caminando, el guardia, aun consciente y ahora detrás de él, desenfunda el arma que le han asignado y le da dos balazos a Ñico, uno debajo de la cintura y el otro entre los hombros. Los estruendos despiertan a la prisión y el plan fracasa.

Pero no es Ñico quien ahora, delante de él, en la cama del hospital, respira suave, calmo. Ese pecho que baja y sube, al ritmo que imponen las máquinas, no es de Ñico. No es él y a la vez sí.

Alguien se para en el umbral de la habitación; las sombras de la noche esconden su identidad.

—Señor –dice en un murmullo —. Tenemos que irnos.

Carlos ladea la cabeza y asiente:

—Dame un momento.

Luego desvía la mirada hacia la niña que, en un aparente sueño, se va desvaneciendo poco a poco en la cama. Se incorpora y coloca en la mesita de noche un conjunto de cartas.

—Tu padre me pidió que dejara esto para ti —susurra Carlos —. En caso de que él no pudiera venir a entregártelas.

Antes de partir, él, que ya no es Carlos, ni Dantes, sino él, tan solo él, camina de regreso a la cama, se inclina y planta un beso en la frente de la pequeña.

—Lo siento –dice.

Y sale del cuarto.

XIII

"... No me creo en el derecho de exigirte nada, pues mi ausencia a tu lado ha impedido que, como es ley en esta vida, seas tú quien exijas cualquier cosa de mí. Sin embargo, a riesgo de parecer un abarcador a tus ojos, te pediré algo, una sola cosa: Resiste, resiste otro poco, lo suficiente para que mis ojos puedan anegarse en lágrimas ante tu imagen. Ignora lo que digan los demás, ese encuentro se va a dar; de eso me encargo mientras redacto estas líneas. Fuerza y fe, agárrate de esas dos y aguanta, mi niña, pues no se me ocurre peor castigo que un mundo en el que yo todavía exista y tú te hayas ido..."

TODA LA TIERRA DE VIDRIO

"Este es el castigo más importante del culpable: nunca ser absuelto en el tribunal de su propia conciencia."

JUVENAL

I

Los sonajeros de la puerta canturrean cuando el hombre entra al local. Enseguida huele una mezcla de comida y humo de tabaco.

Es un bar restaurant pequeño, uno más de los que se apretujan en la ciudad. Modesto, pero con clase. Las luces bajas, cuadros en las paredes, manteles rojos sobre las mesas circulares, la música susurrando. Al fondo está la barra. Detrás, una colección de licores alumbra la pared, dispuestos todos en un mueble que recuerda un librero.

"La biblioteca de los curdas"; piensa el hombre mientras deja atrás la diminuta pista de baile y el conjunto de mesas que anteceden el bar. Hay pocos clientes, tan solo un par de parejas en las mesas y un tipo sentado en el taburete al extremo derecho de la barra.

El hombre ocupa el del centro, justo delante del bartender, quien se echa al hombro el trapo con el que pulía el mostrador. Luce joven, tiene los cabellos oscuros y brillosos.

—¿En qué puedo ayudarlo? —dice con una sonrisa muy blanca y ensayada.

El hombre quiere darse un trago. Le hace falta darse un trago.

—¿Tienen café?

—De todo tipo —proclama con cierto orgullo el joven, que recoge aliento y empieza a recitar —: Expreso, cortadito, capuchino...

—¿A cómo es el expreso? —lo corta el hombre, sin dirigirle la mirada.

—Un CUC.

—¿Un qué? —ahora sí lo mira. Tiene la mano metida en el bolsillo trasero del pantalón, donde aguarda su billetera. Sus dedos estuvieron a punto de asirla, pero el costo de la bebida los ha paralizado. Ya empieza a comprender por qué el bar está vacío en plena tarde sabatina.

—Chama, tú sabes que yo soy cubano, ¿no? —dice al bartender, quien asiente con una leve sonrisa.

—A los extranjeros les cobramos dos —replica.

—¿Y qué café usan ustedes? ¿Importado, exportado, clavado?

El chiste no perturba la expresión jovial de su interlocutor.

—No se va a arrepentir —promete.

Finalmente, y suspirando, el hombre saca la billetera. Paga por adelantado, odia que los meseros le persigan para que liquide la cuenta. El joven agradece, se gira y enrumba sus pasos hacia la máquina de expresos.

El hombre presta oídos a la música que suena en el bar. Encuentra conocida la canción, aunque su mente no puede darle nombre ni autor, o fijar la fecha en la que la escuchó. Sí está seguro de que fue antes de ir preso.

—¿Qué canción es esa, muchacho? —pregunta.

El bartender, de espaldas, encoge los hombros.

—Si le digo le miento —contesta —. El jefe todos los días me deja la flash con una barbaridad de temas para ponerlos, pero la mayoría son de antes de mi tiempo. Y a mí lo clásico no me interesa, aunque la verdad, no hace daño a nadie y hasta ahora, ningún cliente se ha quejado.

Se gira:

—En un minutico está el café.

—Mira, en lo que se hace, ponme una caja de cigarros —dice el hombre y añade rápido —. Esas siguen valiendo sesenta kilos, ¿no?

—La H. Upmann sin filtro y la Popular azul sí. Las otras subieron a setenta.

—Sí, de eso ya me enteré. La comida para abajo y los cigarros pa' arriba —suelta un bufido —. Al final, lo único que espanta al fumador es un buen susto, y a veces ni eso.

El bartender cabecea mientras deja la caja de cigarrillos, junto a un cenicero de cristal encima de la barra. Luego retorna frente a la máquina de expreso.

—Dígame si vale o no el cañita que le cobré —dice después, al colocar la taza de café y una vasija con azúcar delante del hombre, quien a su vez, dedica unos segundos a observar la pequeña columna de humo que se alza de la bebida. Él nunca ha sido muy selectivo con el café. Realmente, solo le importan dos cosas: que no esté aguado y sí muy caliente; el resto lo considera relativo. A su juicio, la función del café es hervir el cansancio hasta hacerlo evaporarse.

Bebe un sorbo, ante la mirada del joven, que ansioso, espera su veredicto:

—Y, ¿qué le parece?

—Está bueno —admite el hombre; no obstante, sigue incrédulo ante el precio. Es un café, apretujado en una taza muy linda, pero tan pequeña que en dos o tres tragos, quedaría desierta.

El bartender empieza a sonreír satisfecho cuando de repente, desvía la vista en dirección a las mesitas que antecceden la barra. Desde allí, la pareja le hace un gesto. Piden la cuenta.

—Con permiso —dice y se marcha a atenderlos.

El hombre rasga el envoltorio de la caja de cigarrillos y enciende uno. Tras la primera cachada, bebe otro poco de café, lo que acelera su apetito de fumar. Siempre le ha gustado esa reacción en cadena, tan similar a la que origina el beso de una mujer: la caza de un segundo, un tercero y centenares más.

Suenan los sonajeros a sus espaldas. Un nuevo cliente acaba de ingresar al bar, pero el hombre ni se molesta en ladear el cuerpo para ver quién es. Sigue sumido en su cigarro y el café, que ya comienza a enfriarse y perder la gracia.

Oye al taburete a su derecha resentirse cuando alguien lo ocupa. El sonido lo empuja a mirar en esa dirección. Mira solo un instante al nuevo cliente antes de devolver la vista al frente. Es una joven de cabellos cortos, lacios; tiene los ojos de un color verde intenso, facciones delicadas y aunque le falta la pretensión del maquillaje, así luce muy bella. Trae jeans y una blusa negra.

Ella se quita el bolso que le colgaba del hombro y lo pone sobre sus piernas. Deja escapar un largo suspiro que la hace parecer recién salida de un largo y angustioso día.

—¿Cómo está el café aquí? —pregunta al hombre.

Él, sin quitar los ojos de la bebida, responde:

—Bien caro...

II

—¿Me puedes explicar qué significa todo esto? —dijo Marcos.

Yinet, sentada a la mesa del comedor, señaló la silla que había al otro extremo:

—Siéntate, por favor.

Él estaba impávido. No podía entender como ella le pudo decir todas las cosas que dijo, tan campante y sonante y después pedirle, en el mismo tono, que se sentara. Qué tranquila su mujer. ¿Cuánto tiempo habría estado maquinando esa conversación?

Se sentó.

—Pregunta lo que quieras —dijo Yinet.

—¿Desde cuándo viene esto?

—Casi dos años.

—Dos años —repitió él en voz baja y por un instante, no habló. Su mente rondaba otra vez aquella leve sospecha que tuvo, casualmente dos años atrás, cuando notó a su esposa parecía distante en las visitas conyugales. Era algo ligero, que ni siquiera merecía llamarse insinuación, aunque sí logró mantenerlo despierto un par de noches hasta que finalmente, la confianza en la lealtad de su esposa y un par de cartas que recibió de ella confirmándosela, acabaron de convencerlo de lo ridículo de sus sospechas.

Y ahora esto.

—¿Dónde lo conociste?

—En el trabajo.

—¿Te lo hace bien?

Su esposa abrió mucho los ojos. Marcos parpadeó, aunque no desvió la mirada. Una parte de él lo reprochaba por formular semejante pregunta, pero la otra hallaba regocijo al vislumbrar la mueca de animal herido que producía Yinet.

—Marcos...

—¿Quién es? —la cortó él.

—Eso no te lo puedo decir, no por ahora.

—¿Qué? ¿Tienes miedo de que le haga algo?

—Bueno, estuviste preso diez años.

—Sí, pensando que mi esposa era mía nada más —Marcos frunció el labio superior al ver como su esposa ponía de nuevo esa cara de lastimada —. Quítame la carita de mierda esa y dime quien es el tipo.

—No.

Él respiró hondo. Notaba la ira caminarle desde atrás de la nuca hasta las manos. Quería saltar de la silla y empezar a destrozar todo a su alrededor, agarrar a esa mujer que ya no reconocía, sacudirla y a través de maldiciones y reproches constantes y airados, forzarle un llanto de sincero pánico. Ansiaba perder los estribos, desaparecer en otra versión de sí mismo, despiadada y castigadora.

Pero sus ojos seguían mostrándole a Yinet, una mujer, su mujer. La única razón por la que había resistido todos aquellos años tras las rejas.

Y así fue como lo supo Marcos. Debajo de toda esa superficie contaminada de ira y malos pensamientos reposaba, escondida en la oscuridad, la certeza de que no lastimaría a su esposa. No podría.

Pero tampoco iba a permanecer allí, sometiéndose por voluntad propia a semejante martirio.

Se levantó de la silla.

—¿Adónde vas? —dijo ella de inmediato.

—Te conviene que me vaya —repuso él y le dio la espalda para salir de la casa.

No habían transcurrido ni cinco horas desde su liberación.

III

El hombre exhala el humo del cigarro y con el rabillo del ojo, nota que la recién llegada al bar lo está mirando fijo. Ella ha pedido un café al bartender, quien de espaldas a los dos, opera la máquina de expreso.

—¿Me prestas uno?

Él ladea la vista hacia la muchacha, que sonríe.

—Claro —empuja la caja de cigarrillos, que se desliza por la barra hasta llegar a la joven —. Aunque me sorprende que fumes esto.

—Las mujeres también tenemos derecho a los fuertes, ¿no? Además, yo nunca he sido muy quisquillosa con los cigarros. A fin de cuentas, ninguno discrimina a la hora de comerte los pulmones, ¿verdad?

—Anjá.

El hombre oye el cliqueo de la fosforera y segundos después, la suave exhalación de la muchacha. Le dirige una mirada de reojo; luce satisfecha.

—Cómo me hacía falta esto, por Dios —dice, con el humo todavía escapando de su nariz y boca.

—Un día duro, ¿eh?

—Ni se lo imagina —ella coge la caja de cigarros y estira el brazo para devolvérsela —. Yo soy Heidi.

—Marcos.

El bartender se gira hacia ellos y deja la taza de café encima de la barra. La muchacha agradece, aunque no paga todavía. Tres clientes entran al bar y buscan sitio en una de las mesas. Enseguida, el bartender corre a atenderlos.

—¿Y usted, cómo ha tenido el día? —pregunta la muchacha, una vez quedan a solas.

—Con bastantes altibajos —dice Marcos. De hecho, esa es la razón que lo ha conducido al bar. Afuera, en el mundo real, donde sigue sintiéndose como el invitado que nadie quiere en la fiesta, los altibajos parecen darle caza.

En ese sitio está a salvo de ellos.

—De eso yo sí sé —replica Heidi, cabeceando.

"Tú no sabes nada", piensa el hombre, quien silencioso, apaga su cigarro en el cenicero de cristal.

Pero ya lo pica la curiosidad. Quiere saber si los *"altibajos"* de la muchacha llegan a compararse en lo más remoto a los suyos; o más bien, comprobar que no lo son.

—¿Ah, sí? —dice solamente. Ha puesto el cebo con esas dos palabras. Solo resta esperar y ver si su interlocutora lo muerde y abunda otro poco sobre el tema.

—Sí, mire —Heidi se acomoda en el taburete y el hombre ríe para sus adentros, igual a un pescador que nota el hilillo de la vara retorcerse —. Yo soy pintora y hace ya un año que estoy intentando que una galería exponga mis cuadros. Hasta el sol de hoy, nada. Todo el que ve mis cuadros dice que le encantan; me llenan de elogios, que si tengo talento, que si esto que si lo otro; pero cuando los pongo al juicio de los expertos, ninguno los encuentra lo suficientemente dignos como para colgarlos en una pared y dejar que otros los vean.

—Esa es dura —asiente el hombre, pensando en lo que le sucedió a él el primer día que ingresó a la prisión.

—Y para colmo —sigue ella, que parece no haberlo escuchado —, mi novia no quiere salir del armario.

Lo coge de sorpresa la revelación, aunque sus gestos faciales no lo demuestran.

—¿Novia, eh?

—Sí, parece que ambos compartimos los mismos gustos, en café y mujeres.

Heidi se ríe de su propio chiste; el hombre la acompaña, aunque con menos entusiasmo. Parte de él agradece el interés sexual de la joven. En un principio supuso que se sentía atraída hacia él, cosa que lo predispuso. No está de ánimo para ningún tipo de roce, ni siquiera sexual.

Sin embargo, lo intriga el intenso y riesgoso desenvolvimiento de la muchacha, quien en menos de media hora, le ha revelado sus vicisitudes a un completo desconocido.

—¿Te puedo preguntar algo, Heidi?

—Claro.

—¿Por qué me cuentas esto?

Ella esboza una mueca de vergüenza.

—Si lo estoy cansando...

—No, no, es que me has dicho cosas bastantes personales.

Las arrugas de preocupación desaparecen del ceño de la joven.

—Ay, eso es un defecto mío —aspira del cigarro y lo abandona en el cenicero —. Después de un día tedioso, me da por explotar con el primero que tengo delante. Hoy le tocó a usted, y de nuevo, perdóneme si lo aburro con tanta muela.

—No, para nada —si esa es la primera conversación normal que ha sostenido desde que salió de la cárcel.

—Además, dicen que hablar con un extraño de tus problemas ayuda mucho —continúa ella.

—¿Ah, sí? —el tono del hombre señala su incredulidad.

—De verdad —insiste Heidi. Se pasa la mano por la cabeza, para echar atrás los cabellos que le han caído sobre el rostro —. A ver, pruébelo conmigo.

Una presión aparece en el pecho del hombre.

—No creo que funcione, de veras.

—Vamos, ¿cómo lo sabe si no intenta? Atrévase. Dígame un problemita suyo, no tiene que ser tan grande. Verá que después, sentirá aunque sea un poquito de alivio.

—Está bien –él respira hondo y enciende otro cigarro —. Hace diez años cometí un error, maté un hombre y me condenaron a prisión. Salí dos semanas atrás y aquí estoy, hablando contigo en un bar que cobra un dólar por una tacita de café.

La muchacha baja la vista un instante, traga en seco y luego de una larga pausa en la cual el hombre da una cachada al cigarro, Heidi se aclara la garganta.

—¿Y, se siente mejor?

Marcos exhala el humo. No dice nada, porque no hay nada qué decir.

IV

—Calladito —te dice el hombre y sientes una leve y fría presión en el cuello. Tragas y tu nuez de Adán coquetea con el cuchillo que te han puesto en la garganta —. Calladito o te abro el cuello.

Por encima del hombro del tipo que te amenaza, ves a sus tres compañeros. Todos sonríen.

—¿Qué quieren? —preguntas.

—Coño, hermano, darte la bienvenida, ¿qué pasa? Aquí somos gente educada.

Tienes la espalda contra la pared del cuarto de duchas. No hay nadie, excepto ustedes cinco.

—Dicen por ahí que mataste a un bicicletero —te dice el del cuchillo.

El miedo termina de adueñarse de ti cuando oyes esas palabras.

—¿Es por eso por lo que hacen esto? ¿Eres familia del muchacho?

Los cuatro hombres se ríen de ti.

—Óiganlo, caballero, dice que si somos familia del muerto — dice el del cuchillo y te mira directo a los ojos —. Mira, socio, si alguno aquí fuera familia del difunto, ya tú andarías del otro lado, pidiéndole disculpas al tipo por echártelo. No, de verdad que te trajimos aquí pa' darte la bienvenida, igual que a los demás.

—¿A los demás?

—Sí, te explico... Antes de nosotros, quien mandaba en el tanque era un chamaco que entró con nueve meses a cumplir y terminó jalando casi quince años. Empezó un niñito, pero salió hecho una leyenda. Mira, primero se echó al tipo más rankeado hasta ese momento: un negrón que era un edificio, ¿se acuerdan del "pisa flores", caballeros? —los otros tres asienten —. El chama lo mató a la semana de entrar. Ahí cogió sus punticos. Después se echó a otros tres que intentaron tumbarle la corona, y ya nadie tuvo los cojones de tocarlo. Nada más su presencia metía miedo.

"Nosotros trabajamos con él y ahora que se fue, cogimos el mando. Pero si te soy franco, hermano, el tipo tenía demasiados conceptos de altura que aquí no valen. El "pisa flores" se distinguía por cogerle el culo a todo el que entrara que fuera casi un niño. Cuando el muchacho lo mató, instauró un nuevo código; sonar o enfriar a quien lo mereciera; ya sabes, pedófilos, violadores, asesinos fríos y por ahí pa' allá. A los que tuvieron razones de menor peso para tanquear, los llevaba suave. Vaya, tú que según las malas lenguas hiciste lo que hiciste por accidente, en su régimen sobrevivías y si entrabas en gracia con el tipo, podías decir que estabas protegido. Nosotros, seguros a su lado, nunca nos quejamos; pero la verdad, mi socio, nunca nos jugó ese sistemita de ser piadoso con un sector específico; eso suena a favoritismo. Aquí en el tanque, todo el mundo recibe el mismo tratamiento. Y así son las cosas desde que el tipo se piró y yo y estos tres que ves atrás de mí cogimos las riendas del asunto. A todo el que entra, le damos la bienvenida.

El del cuchillo te quita el arma del cuello y se coloca detrás de sus secuaces.

—Denle la bienvenida, muchachos —les dice.

Los pies te tiemblan, también tu voz:

—¿Qué van a hacer? —intentas retroceder. No importa que la pared lo impida, tu cuerpo solo se echa atrás, fuera de control, desesperado por escapar de lo que tienes delante.

Los tres secuaces caminan hacia ti, sonrientes. Detrás de ellos, el tipo del cuchillo ondea su arma.

—Si te resistes, te doy la despedida —advierte justo antes de que uno de los tipos te haga ladear la cabeza con un puñetazo. Cierras los ojos, notas un escozor en la nariz, seguido de una humedad caliente que te baja a los labios. Pruebas tu propia sangre, la escupes. Una patada te arrodilla. El aire escapa de ti. Toses. Apoyas las manos en el suelo del baño. Las notas húmedas. Alguien te levanta la cabeza.

—Cuando te desmayes, paramos —dice el del cuchillo —. Pero tranquilo, que sabemos dónde dar para evitar que eso pase muy rápido.

El cabecilla retrocede y uno de sus secuaces se adelanta. Te mira un instante, luego su puñetazo te hace caer boca arriba. Sentiste un crujido en tu boca al caer. Ladeas el cuerpo. Hay algo en tu lengua. Lo escupes. Es un molar.

Gimes cuando te patean. Otro puñetazo, otra patada. Risas entre cada golpe. La vista se te nubla, cada rincón de tu cuerpo duele. Tienes miedo, pánico. Estás seguro de que vas a morir.

Pero no acabas de desmayarte...

V

—¿Y cómo se siente la libertad? —pregunta la muchacha.

El hombre contesta sin mirarla.

—Prometía mucho.

—Sí, supongo que sea difícil ajustarse a la vida normal.

—Ni te imaginas —dice Marcos y lo deja ahí. En realidad, está de acuerdo con Heidi, aunque también considera que a veces, es el mundo quien impide al exconvicto ajustarse a la vida en libertad y no a la inversa. Al menos en su caso, ha sido así.

—¿Le gustaría hablar de su tiempo en prisión?

Él sonríe para esconder su desagrado ante la pregunta.

—No.

¿Qué tendría para decir? Le revuelve el estómago tan solo pensar en abrir la boca para relatar sus vivencias en la cárcel. ¿Su historia tendría algo diferente a la de cualquier otro preso? Tal vez alguna que otra variación, pero, a fin de cuentas, las raíces serían las mismas. El mismo cliché con distintas palabras. La prisión representó un infierno que gradualmente se fue tornando más soportable, o empezó bien y se complicó; estaban aquellos que de principio a fin vivieron el peor calvario y por supuesto, no podían faltar los que una parte oscura de sí mismos disfrutaba del encierro y una vez fuera, parecían resueltos a buscar una forma de regresar tras las rejas.

En su caso, Marcos vivió etapas buenas y malas durante los diez años que pasó en un cuarto cuya puerta eran barrotes. Pero aún es muy pronto para recorrer los pasajes de la memoria. A lo mejor en el futuro, cuando su mente haya conseguido fabricar una suerte de filtro, a través del cual extraer los buenos recuerdos sin correr el riesgo de que uno malo se cuele. Algún día, él y los socios del barrio romperán a carcajadas a expensas de sus fábulas carcelarias, de esos breves momentos de luz entre tanta mugre. Sin embargo, aun hoy, a dos semanas de su liberación, Marcos tiene bastantes sombras encima y sabe que si lograra evocar un buen recuerdo, otro malo vendrá adherido a él, como un parásito sin remedio inmediato.

Un sonido estridente hace a los pensamientos del hombre trastabillar y esfumarse. Mira a su derecha. La joven hurga en el bolsillo de sus jeans y extrae un celular. Lo manipula a velocidad supersónica. Una sonrisa asoma en su rostro.

—Mi novia —dice a Marcos —. Discúlpeme.

Se baja del taburete y camina hacia la puerta del bar, en busca de una mejor cobertura; con una mano sujeta el celular y con el dedo índice de la otra se tapa el oído opuesto mientras habla.

—¿Usted está viendo eso, compadre? —la voz del bartender hace al hombre girar la cabeza al frente —. Qué desperdicio de mujer, hermano.

—Dame otro café, anda —dice el hombre. Lo asaetean las ganas de darse un trago. Qué coño, de darse unos cuantos. Pero no puede. Juró que no lo haría después de que un trago lo volviera un asesino.

La muchacha vuelve a la barra cuando el bartender acaba de dejarle la nueva taza de café delante de Marcos, quien comienza a endulzar la bebida.

Heidi no toma asiento. En cambio, saca un dinero y lo deja encima del mostrador.

—Quédese con el vuelto —dice al bartender y luego encara al hombre —. Bueno, ya me voy caminando que Mara salió temprano del trabajo.

—Vaya usted.

—Ha sido un placer conocerlo, Marcos, de verdad.

—Lo mismo digo, y buena suerte con tus altibajos.

—A usted también, y ya verá que poquito a poco se va acostumbrando. Mientras tanto, no pierda la fe.

—Eso va para ti también.

Heidi se acerca a él y le planta un beso en la mejilla. Luego, sale del bar.

El hombre coge la taza de café, lo sopla antes de beberlo. Luego guarda la caja de cigarrillos y deja el dinero de la cuenta en la barra.

—¿Se va? —dice el bartender.

Marcos asiente.

Su libertad lo espera...

VI

La empleada de Recursos Humanos es una mujer gorda, cincuentona, que usa grandes espejuelos. Pero su voz tiene un raro efecto: oírla te tranquiliza.

—¿Cuántos años de experiencia laboral dice que tiene? —me pregunta.

—Doce.

—¿Nivel de escolaridad?

—Licenciado en Economía.

—¿Tuvo cargo en los centros laborales en los que laboró?

—Sí, de segundo jefe del departamento de Economía.

—¿Trajo su diploma de la Universidad?

—Sí —hurgo en mi maleta y le entrego un conjunto de documentos.

—¿El expediente laboral?

—Se lo di ahí también.

—Bien —tras una pausa, la mujer me mira —. ¿Me dice la razón por que la dejó su último trabajo?

Llegó el momento. Respiro hondo y contesto.

—No lo dejé. Me dieron la baja.

—¿Por qué?

—Porque estuve preso diez años —digo sin tapujos. He descubierto que no importa cómo lo digas, el efecto de la palabra "preso" sigue siendo el mismo.

Ahí está. Veo el cambio en la cara de mi interlocutora, que echa el cuerpo atrás y se quita los espejuelos. Ha dejado de consultar mis documentos. No lo necesita.

—Lo siento —tartamudea, aunque rápidamente recupera el control de su voz —. En esta empresa no necesitamos económicos. Todas las plazas están llenas.

—¿Y por qué aceptó verme si no hay plazas?

—No hay en Economía —puntualiza ella.

—¿En qué hay entonces?

La mujer se retuerce en la silla. Intenta buscar una salida.

—No sabría decirle. Eso debo consultarlo con el director.

—Búsquelo, yo espero.

—Es que él no está.

—Ya veo —no trato de insistir, pero me jugaría la condicional a que el tipo si anda por aquí. A fin de cuentas, no creo que él tenga una opinión muy distinta a la de su subordinada. Quizás ofrezca una respuesta con un mejor nivel cultural y llena de grandilocuencia. Total, un "no" es no, sin importar qué disfraz le pongan.

—¿A usted el sistema penal no le dio un trabajo después de su liberación? —quiere saber la mujer. Me dio la patada y ahora se me hace la preocupada.

—Sí, pero puedo buscar un mejor lugar, ¿no?

A pesar de que el horario es asequible y el salario no da razón a quejas, no me gusta mucho eso de chapear.

—Claro.

—Bueno, gracias por atenderme.

—De nada.

Ojalá ella quitara esa cara de susto. Ojalá todos la hubiesen quitado en los otros cinco sitios a los que he ido buscando trabajo. Coño, estuve preso, no en el Partido Nazi.

Salgo de la empresa y me encamino a la parada. A mitad de camino, veo un bar. Y entro.

VII

El hombre baja de la guagua. Está a dos cuadras de su casa. Algunos vecinos lo saludan, con una mezcla de temor y curiosidad. Lo conocen de años, inclusive varios lo vieron crecer, pero todavía tienen que acostumbrarse a esa nueva versión de él: El exconvicto que regresa a casa, más musculoso y curtido que antes, más frío y peligroso, pues proviene de un sitio en el que ser peligroso no está mal visto, como mismo en la guerra matar no es un delito ni los soldados son asesinos.

Llega a la casa. A la casa de sus padres. La otra, la que compartía con su esposa, ya no es suya. Tiene que lidiar con un divorcio, lo esperan viajes al bufete, la búsqueda de un abogado capaz, el homérico tedio de la burocracia cuyo único propósito es poner en papel que el amor entre dos personas ha muerto. Pero aun el hombre no ha sepultado su matrimonio; lo sigue velando, de pie ante el ataúd, con los ojos fijos en lo que solía ser. Le sigue doliendo evocarla sin poder vivirla una vez más.

Abre la puerta de la casa de sus padres, donde vive temporalmente hasta que pueda resolver un apartamento. La vieja no está. Él mira el reloj y la hora le dice adónde ha ido su señora madre. La bodega abrió harán unos treinta minutos y los mandados no se pueden quedar sin coger. Pobre de su mamá, marchita y viviendo bajo el auspicio de una pensión de la que no sabe quejarse. Ella es de la Vieja Guardia, de los que no protestan y esperan resignados; de los que gritan "presente" en la cola del pan. ¿Qué fuera de su vieja sin la libreta de abastecimientos? Antes se divorciaría de su marido que de esa libretilla que todos los meses le llena las jabas de los mandados.

Su madre lo adora. Lo hace porque no sabe odiar a su único hijo, ni nunca aprenderá, sin importar cuántos motivos él le dé.

El hombre entra a la habitación que lo vio crecer, que lo vio amar a una mujer por primera vez. Un cuarto lleno de buenos recuerdos. Se sienta en la cama. Prende un cigarro. Mientras exhala el humo, lleva una mano al rostro y coloca los dedos sobre los ojos cerrados.

Empieza a llorar porque le hace falta, porque él sabe algo que los demás ignoran cuando le pasan de lado y dicen: *"ya fulano salió de la cárcel"*.

Él sabe que está preso todavía...

Del autor

David Martínez Balsa: 25 de agosto de 1991, La Habana, Cuba. Contador y tecnólogo en la UEB Servicios Generales, perteneciente a la empresa Serviquímica. Graduado del taller de técnicas narrativas, dramaturgia y lenguaje de radio, televisión y cine "Herramientas del Escritor", auspiciado por el grupo "Punto de Giro". Egresado del Centro de Formación Literaria Onelio Jorge Cardoso, y miembro de la Asociación Hermanos Saíz. Entre los reconocimientos que ha recibido se cuentan: Mención en el VI Concurso de Literatura Fantástica "Oscar Hurtado" 2014. Beca de creación literaria "El Caballo de Coral", en 2015. Primera Mención en el Concurso de cuento "Camello Rojo" 2016. Tercer Premio en el Concurso Juventud Técnica y Premio David en la categoría de cuento, ambos en el 2017. Finalista del Premio Pinos Nuevos 2018. Mención en el Premio "La Edad de Oro" 2020. Segundo Premio en el Concurso Farraluque de Literatura Erótica 2021. Ha publicado en revistas cubanas y extranjeras.

Índice

LISTADO DE TÍTULOS Y PRECIOS
DE EDITORIAL PRIMIGENIOS

1. *¡Cosa más grande la vida!* Humor. José Luis Riverón Rodríguez. $7.99
2. ¡Vienen... vienen los americanos! Cuentos. Rebeca Ulloa. $7.99
3. *¿Cuba... qué linda es Cuba?* Narrativa. Hebert Poll Gutiérrez.$7.99
4. *1932, Dios, revolución y libertad*. Poesía. Carlos Salina Granda (Perú). $5.99
5. *1968 y el cine, Memorias del 3er Encuentro de la crítica cinematográfica*. Compilación de Pedro R. Noa. $9.99
6. *A quién pregunto por mí*. Poesía. Andrea García Molina. $12.99
7. *A veces, cuando el silencio*. Poesía. José Antonio Martínez Coronel. $9.99
8. *Abrazo a un búcaro sin flores*. Poesía. David Montero Figueredo. $6.99
9. *Actos en la tierra*. Poesía. Eduardo René Casanova Ealo. $5.99
10. *Adiós Rembrandt y otros relatos*. Colección de cuentos. Manuel Antonio Morales Felipe. $7.99
11. *Adoptando a Mini*. Novela ilustrada. Marié Rojas Tamayo. $7.99
12. *Agradecido entonces como un perro*. Poesía. Guillermo Hernández Montero. $5.99
13. *Al borde de las piedras*. Poesía. Yans González García. $5.99
14. *Al diablo el que me lo pida*. Narrativa. Nuris Quintero Cuellar. $5.80
15. *Al otro lado del mundo*. Poesía. Eduardo René Casanova Ealo.$5.99

16. *Al sur de los páramos*. Poesía. Miladis Hernández Acosta. $5.99
17. *Alguien está en las cenizas*. Novela. Marilú Rodríguez Castañeda
18. *Alta Definición, antología de cuentos inspirados en los medios de comunicación audiovisual*. Barbarella D´Acevedo. $9.99
19. *Amalgama*. Poesía. Ileana Hernández Goicochea
20. *A-Mar*. Novela. Marlene E. García. $5.99
21. *Amores difíciles*. Periodismo. Leonardo Depestre Cantony. $7.99
22. *Anita Mur*. Novela. Frank David Frías Rondón. $9.99
23. *Ante la misma puerta*. Poesía. Gilda Guimeras. $4.99
24. *Antes de amancebarme con la enana zíngara contorsionista*. Narrativa. Alberto Garrandés. $9.99
25. *Antología Memorable: poemas para no olvidar*. Selección de Juan Carlos García Guridi. $7.99
26. *Antología Voces dispersas*: *Once mujeres poetas*. Poesía. Miladis Hernández Acosta e Ivonne Sánchez-Barrea. $7.99
27. *Aquellos ojos verdes*. Narrativa. José Luis Riverón Rodríguez. $7.99
28. *Arcos fracturados*. Narrativa. Manuel Roblejo Proenza. $5.99
29. *Autos de duda*. Poesía. Niurbis Soler Gómez. $5.99
30. *Bajo la rueca*. Narrativa. Luis de la Cruz Pérez Rodríguez. $5.99
31. *Bajo las órdenes del silencio*. Cuentos. Alejandro Martínez Sánchez. $7.99
32. *Balada de tus ojos*. Poesía. Ray Nelson Pons Días. $5.99
33. *Bestias del paraíso*. Poesía. Roberto Frank Valdés. $5.99
34. *Bitácora de un paria*. Poesía. Yerandy Pérez Aguilar. $12.99

35. *Blasfemia del escriba*. Cuentos. Alberto Guerra Naranjo. $11.99

36. *Breves estudios en torno a la soledad*. Poesía ilustrada. Esther Suárez Durán. $7.99
37. *Cabalgar la zoo-política: Aproximaciones a una posible revolución indoamericana pospandemia*. Ensayo. Carlos Salinas Granda. $5.99
38. *Cacería*. Narrativa. José Hugo Fernández. $7.99
39. *Cancionero español: (Álbum de covers) Volumen 1*. Narrativa. Alejandro Langape. $9.99
40. *Canto a mi cabeza loca (Dinámica del cuerpo)*. Poesía. Claudette Betancourt Cruz. $5.99

41. *Cartas a Leandro*. Narrativa. Ramón Díaz-Marzo. $9.99
42. *Casco de Dios*. Poesía ilustrada. Marié Rojas Tamayo. $9.99
43. *Columpios de la suerte*. Poesía. Minerva Pérez Corcho
44. *Como arrullo de tórtolas*. Poesía cristiana. José Luis Riverón Rodríguez.$7.99
45. *Como en un sueño, la vida*. Poesía. José Antonio Martínez Coronel. $5.99
46. *Como salir de un país*. Poesía. Ricardo López. $5.99
47. *Como una mancha de peces*. Narrativa infantil. Miguel Ángel González Pérez. $5.99
48. *Con ojos de piedra y agua*. Poesía. Ana Margarita Valdés Castillo. $5.99
49. *Con un par de alas tremendas: Sonetos de vuelo popular*. Poesía. Juan Carlos García Guridi. $5.50
50. *Concierto para Denysse*. Poesía. Luis Mariano (Lewis) Estrada Segura. $5.99

51. *Confesiones de mujer*. Poesía. Yasmín Sierra Montes. $5.99
52. *Conspiración en La Habana*. Novel. Eduardo N. Cordoví Hernández. $19.99

53. *Cosas de un niño grande*. Infantil. Hebert Poll Gutiérrez. $5.99
54. *Cosas que vienen del cielo*. Narrativa. Yolanda Felicita Rodríguez Toledo. $10.00
55. *Criaturas*. Cuentos. Alex Schweg. $7.99
56. *Crónica de una matanza impune, Persecución y asesinato de emigrantes canarios en Cuba*. Ensayo. José Antonio Quintana García. $7.99
57. *Cruce de caminos*. Poesía. Antonio Santana Pérez
58. *Cuando aparecen los elefantes*. Libro infantil ilustrado. Norge Sánchez. $9.99
59. *Cuando el dolor se convierte en palabra*. Poesía. Elizabeth Álvarez Hernández. $5.99
60. *Cuando me besan tus ojos*. Poesía. Félix Alexis Guerra Menéndez. $5.80
61. *Cuba en la calle*. Fotografías de la Cuba actual. Felipe Rouco Llompart. $24.99
62. *Cuba la revolución usurpada*. Ensayo. Oscar G. Otazo. $15.99
63. *Cuba y los fotógrafos viajeros: Desde 1841 a la actualidad*. Ensayo bibliográfico. Ramón Cabrales y Rufino del Valle Valdés. $12.99
64. *Cuentos e historias para la (des) memoria*. Narrativa. Oscar Montoto Mayor. $9.99
65. *Cuentos para crecer juntos*. Ilustrado. Marié Rojas Tamayo. $7.99
66. *Cuentos para soñar* (ilustrados). Narrativa. Sarah Graziella Respall Rojas. $19.99
67. *Cuervos sobre el trigal*. Cuentos para adultos. Yasmín Sierra Montes. $7.99
68. *Cúmulos nimbos*. Poesía. Isbel G. $5.99

69. *Curvas sobre la superficie del objeto*. Poesía. Anisley Miraz Lladosa.$5.99
70. *De picha, y señor mío*. Narrativa. José Luis Riverón Rodríguez. $7.90
71. *De poesía y poetas*. Ensayo. Armando Landa Vázquez. $9.99
72. *Décima para mi princesa*. Poesía. Katia Pérez Padrón. $5.99
73. *Defensa siciliana 115 partidas magistrales*. Ajedrez. Félix Raúl Pérez Hernández. $12.99
74. *Desnuda ante tus ojos*. Narrativa. Jenny Díaz Valdés. $5.99
75. *Después de la Caída*. Poesía. Miladis Hernández Acosta. $9.99
76. *Diez cuentos que estremecieron a Cuba*. Narrativa. Carlos Esquivel. $9.99
77. *Dodo danza sobre un dado*. Poesía. Sergio Trincado Torres. $14.99
78. *Donde anida el colibrí*. Narrativa. Zuleica Ruíz Peix. $6.00
79. *Donde el espejo no llega*. Poesía. José Antonio Martínez Coronel. $5.80
80. *Donde termina la mirada*. Poesía. Norge Sánchez. $12.03
81. *Dos libros de Guerra (escrito a cuatro manos)*. Poesía. Félix Guerra Pulido y Félix Alexis Guerra Menéndez. $9.99
82. *Duendes del domingo*. Libro infantil ilustrado. Daimy Díaz Laborda. $10.99
83. *Dulce café*. Poesía. Rafael Vilches Proenza. $5.99
84. *E. A. Vol. 1 Breve antología del taller de literatura fantástica y de ciencia ficción "Espacio Abierto"*. Daniel Burguet... y Abel Guelmes Roblejo. $9.99
85. *Ejercitar el criterio*. Crítica de narrativa. Waldo González López. $12.99
86. *El agua rota de los sueños*. Poesía. Alejandro Rejón

Huchin. $5.99

87. *El ángel en la sombra*. Poesía. Raudel Sosa Pérez. $5.99
88. *El árbol de mi alma*. Poesía. Vivián Suárez García. $5.99
89. *El barón Samedi o el cagüeiro negro*. Narrativa. Eduardo Báez. $15.99
90. *El cacique Turquino*. Cuentos ilustrado. Norge Sánchez. $9.99
91. *El camino*. Literatura cristiana. Jesús Cardoso López. $7.99
92. *El carcaj pleno de colores*. Ensayo sobre la obra del pintor Domingo Ramos Enríquez. Ana Julia Gutiérrez Ulloa. $5.99
93. *El cocinero, el sommelier, el ladrón y su (s) amante (s)*. Ensayo. Frank Padrón. $45.99
94. *El desventurado domingo de Dominga*. Libro ilustrado para niños. Noel Silva González. $12.99
95. *El dolor de ser vivo*. Poesía. Ronel González Sánchez. $7.99
96. *El eco del silencio*. Poesía. Teresa Medina Rodríguez. $9.99
97. *El fuego del ángel*. Poesía juvenil. Miladis Hernández Acosta. $5.99
98. *El fúnebre cantar del cisne blanco*. Poesía. Guillermina Consuelo Samsaricq González. $5.99
99. *El girasol*. Novela de ciencia ficción. Jonathan Sánchez
100. *El heno a cuestas: crónica de un duet(l)o en torno a la comunidad*. Ensayo. José Luis González-Almeida. $13.99
101. *El idilio de los iguales*. Narrativa. Alberto González. $7.99
102. *El imperio del silencio: A través del lenguaje de las tumbas, un recorrido por el Cementerio Cristóbal Colón de La Habana*. Ensayo novelado. Mario Darias Mérida. $39.99
103. *El maravilloso mundo de las libélulas*. Colección Eureka, ciencia y técnica. Jose M. Ramos Hernández. $7.99
104. *El maravilloso viaje de Kiko y ratón*. Narrativa. Manuel Roblejo Proenza. $5.99
105. *El marmolito mágico*. Juvenil. Gabriela Sánchez. $9.99

106. *El momento de las iniciaciones*. Poesía. Osmari Reyes García. $5.99
107. *El monasterio interior*. Poesía. José Antonio Martínez Coronel. $9.99
108. *El nacimiento de la conciencia histórica. Conferencias en la Universidad del aire dictadas por Maria Zambrana.* Daniel Céspedes Góngora. $5.99
109. *El onceno mandamiento*. Narrativa. Marié Rojas Tamayo. $10.99
110. *El personaje y su leyenda*. Historia. Leonardo Depestre Catony. $7.99
111. *El polvo rojo de la memoria*. Novela. Eduardo René Casanova Ealo. $5.99
112. *El puente y otros relatos*. Narrativa. Eduardo René Casanova Ealo. $5.99
113. *El que a buen humor se arrima, buen buena lo acobija.* Caricaturas. Ernesto Rodríguez Castro (Beli). $10.99
114. *El reino perdido de la Zapatucia*. Infantil. José Luis Riverón Rodríguez. $5.99
115. *El rosario del hombre de ceniza*. Poesía. Álex Padrón. $5.99
116. *El secreto de la luna*. Juvenil. Griselda Leonor Rodríguez Pimentel. $7.99
117. *El señor de las patas largas*. Narrativa infantil ilustrada. Nuris Quintero Cuellar. $14.99
118. *El silencio de los culpables*. Narrativa. Anisley Miraz Lladosa. $9.99
119. *El silencio que dicen*. Poesía. Abel German. $5.99
120. *El tiempo de la esperanza y otros cuentos*. Gisela Lovio Fernández. $11.99
121. *El último sol*. Poesía. Miroslaba Pérez Dopazo. $5.99

122. *El velo de la certeza*. Poesía. José Antonio Martínez Coronel. $5.99
123. *Embestidas de la piel*. Poesía. Odalys Leyva Rosabal. $5.99
124. *Emigrados de fondo*. Poesía. Fernando Lobaina Quiala. $4.99
125. *En el límite*. Narrativa. Maritza Vega Ortiz. $10.00
126. *En esta claridad está mi casa*. Poesía. Beatriz del Rosario Torrente Garcés. $6.99
127. *En este barrio no hay vampiros*. Novela. Luis Pacheco Granado. $7.99
128. *En la gruta del tiempo*. Narrativa. Felicia Hernández Lorenzo. $8.99
129. *En La Habana de ahora mismo, dos historias de Boston Franco*. Cuentos. Dagoberto José Valdés Rodríguez. $7.99
130. *Enigmas de la otra*. Poesía. Nuris Quintero Cuellar. $5.80
131. *Entre piropos, dichos y refranes*. Décima. Noelio Ramos Rodríguez. $6.99
132. *Eros*. Poesía. Armando Landa Vázquez. $5.99
133. *Es la hora de los hornos*. Poesía. Norge Sánchez. $5.99
134. *Escaras*. Poesía. José Alberto Nápoles.
135. *Escritos de un plumazo*. Narrativa. José Alberto Collazo. $7.50
136. *Estaba la pájara pinta*. Ensayo. José Antonio Martínez Coronel. $36.99
137. *Fauna cavernícola*. Ensayo. José M. Ramos Hernández. $7.99
138. *Feria de máscaras*. Poesía. Yamilka González Pérez. $5.99
139. *Fiesta de rimas*. Poesía ilustrada para niños. Eliane Acosta Moreira. $11.99
140. *Fragmentaciones de la luz*. Poesía. Luis Mariano Estrada (Lewis). $7.99
141. *Fragmentaciones del silencio*. Poesía. Ana Ivis Cáceres de la

Cruz. $5.99

142. *Fruto Rojo*. Poesía. Ana Herminia Rodríguez. $5.99
143. *Gabriela en el espejo*. Cuentos ilustrados para niños. Norge Sánchez. $9.99
144. *Gabriela*. Infantil. Norge Sánchez. $5.99
145. *Gentes*. Cuentos. Roberto Peláez Romero. $7.99
146. *Germán pinta guaraparanganas*. Artes plásticas. Germán Molina. $11.99
147. *Gestos brutales*. Cuentos. José Alberto Velázquez
148. *Guijarros*. Poesía. Norge Sánchez. $4.99
149. *Historia de amor*. Libro infantil ilustrado. Norge Sánchez. $9.99
150. *Historias en la almohada*. Poesía. Armando López Carralero.$8.65
151. *Hombre que escribe en banco sin parque*. Poesía. Ulises Hernández Expósito. $5.90
152. *Hombreriego*. Narrativa. Raúl Hernández Pérez. $5.99
153. *Hombres de rutina*. Narrativa. Marlon Duménigo. $5.99
154. *Huellas de una nación*. Fotografía. Yovanis González Elizalde. $5.99
155. *Insectos para principiantes*. Divulgación científica. José M. Ramos Hernández. $7.99
156. *Instantes en la memoria*. Poesía. Agustín Ramón Serrano. $5.99
157. *Jardín mecánico*. Poesía. Luis Alonso Cruz Álvarez. $7.99
158. *Juan Pirindingo y otros cuentos*. Libro infantil ilustrado. Delsa López Lorenzo. $12.00
159. *La catedral del Tiempo*. Narrativa. José Antonio Martínez Coronel. $10.50
160. *La corte de los lobos*. Narrativa. José Luis Riverón Rodríguez. $9.99
161. *La cosa roja*. Narrativa. Luis Felipe Ruano. $9.99
162. *La culpa no fue de Dios*. Narrativa. Andrea García Molina. $5.99

163. *La Estancia, apuntes y recuerdos de Albert Gagnon-Beyle.* Narrativa. Jesús Alberto Díaz Hernández. $9.99
164. *La fiesta de la reina ortografía.* Narrativa infantil. Ronel González Sánchez. $7.99
165. *La frágil memoria de la semana.* Poesía. Elizabeth Álvarez Hernández. $5.38
166. *La furia de los vientos.* Testimonio. Pedro Armando Junco. $12.99
167. *La Gallina golondrina.* Infantil ilustrado. Norge Sánchez. $9.99
168. *La gruta del lobo.* Narrativa. de Hamlet Gómez. $12.99
169. *La Habana convida. Antología poética por el 500 aniversario de la ciudad.* Eduardo René Casanova Ealo y 79 poetas. Edición de lujo. $70.00
170. *La Habana convida. Antología poética por el 500 aniversario de la ciudad.* Eduardo René Casanova Ealo y 79 poetas. Edición estándar. $15.99
171. *La Hechicera.* Narrativa. Yasmín Sierra Montes. $9.99
172. *La herencia de los buenos muertos, compilación de obras presentadas al Concurso Internacional de cuentos.* Compilación. Eduardo René Casanova Ealo
173. *La isla de las hormigas rojas.* Poesía. Luis Mariano Estrada (Lewis). $5.99
174. *La isla del espanto y otros cuentos.* Narrativa. de Gisela Lovio. $12.99
175. *La isla preterida.* Poesía. Miladis Hernández Acosta. $23.60
176. *La Larga.* Narrativa. Ángel Osiris Milián. $15.99
177. *La luna frente al espejo.* Poesía. Luis Mariano Estrada (Lewis). $7.99
178. *La música del árbol.* Poesía. Adalberto Hechavarría Alonso. $6.99

179. *La oscura escalera*. Novela. Ramón Díaz-Marzo. $6.99
180. *La patria es una naranja*. Poesía. Félix Luis Viera.$8.99
181. *La peña de Horeb*. Poesía. José Antonio Martínez Coronel. $6.99
182. *La sangre del marabú*. Narrativa. Argenis Osorio Sánchez. $7.99
183. *La sombra de Sísifo*. Poesía. José Antonio Martínez Coronel. $5.99
184. *La sombra que pasa*. Poesía. Miladis Hernández Acosta. $7.99
185. *La veda del dinosaurio*. Narrativa. Edgar Estaco Jardón. $5.99
186. *La venganza del contrario*. Narrativa. Odalys Leyva Rosabal. $7.99
187. *La vida húmeda*. Cuentos. Carlos Alberto Casanova. $7.99
188. *La virgen sumergida o cómo mataron a Charo*. Narrativa. José Luis Riverón Rodríguez. Edición a todo color. $30.00
189. *La virgen sumergida o cómo mataron a Charo*. Narrativa. José Luis Riverón Rodríguez. Edición estándar. $9.99
190. *Las arenas del tiempo*. Poesía. José Antonio Martínez Coronel. $5.80
191. *Las dunas de la espera*. Poesía. José Antonio Martínez Coronel. $5.58
192. *Las hadas calzan botas*. Poesía infantil ilustrada. Clara Lecuona Varela.$12.99
193. *Las Hijas de Sade*. Narrativa. Guillermo Vidal y Maria Liliana Celorrio. $9.99
194. *Las náufragas porfías*. Ensayo sobre la obra de Dulce María Loynaz de Miladis Hernández Acosta. $7.99
195. *Las rosas que mañana (un museo para Dulce María)*. Poesía. Mariana Enriqueta Pérez Pérez. $7.99
196. *Las sendas escabrosas*. Poesía. Yasmín Sierra Montes. $5.50

197. *Las tablillas de Diógenes*. Poesía. Eduardo René Casanova Ealo. $7.26
198. *Laurel y orégano, la hora en que no muere nadie*. Narrativa. Marié Rojas Tamayo. $19.99
199. *Laverna*. Poesía. J. W. Riter. $5.99
200. *Lengua de sapo, relatos hiperbreves*. Narrativa. Edgar Estaco. $9.99
201. *Levitas del siglo XXI*. Ensayo. José Luis Riverón Rodríguez. $7.99
202. *Libro de los prójimos*. Poesía. Miladis Hernández Acosta. $7.99
203. *Libro negro del desencantado*. Poesía. Eduardo René Casanova Ealo. $12.99
204. *Los años del principio*. Novela. José Gutiérrez Cabanas. $15.99
205. *Los caminos del agua*. Poesía. Armando López Carralero. $5.99
206. *Los cerezos de tu vientre*. Novela. Yasmín Sierra Montes. $15.99La cosa
207. *Los Césares perdidos*. Poesía. Odalys Leyva Rosabal. $6.99
208. *Los cuentos más tontos del mundo*. Narrativa. Ronel González Sánchez. $9.99
209. *Los días nuestros*. Poesía. Mayda Milián Ortiz. $6.99
210. *Los enanos de corazones*. Cuentos. Aymee Corominas. $5.99
211. *Los hilos de Ariadna*. Narrativa. José Antonio Martínez Coronel. $15.50
212. *Los imponderables reinos*. Poesía. Miladis Hernández Acosta. $5.99
213. *Los independientes de color*. Poesía. Armando Landa Vázquez. $9.99
214. *Los mapas del tiempo*. Poesía. Álex Padrón. $10.00

215. *Los maravillosos viajes de Globito*. Infantil ilustrado. Clara Lecuona Varela. $12.99
216. *Los misterios de la torre: El muerto del pozo*. Novela. Mario Luis López Isla. $9.99
217. *Los números*. Ilustrado para niños. Narely Plasencia Rodríguez
218. *Los ojos tras la ventana*. Cuentos. Roberto J. González. $7.99
219. *Los peces no lloran*. Poesía. Julián Dimitri Tamayo Carbonell. $7.99
220. *Los sutiles vástagos*: poemas dispersos. Poesía. Milho Montenegro. $5.80
221. *Luna de aire*. Poesía infantil ilustrada. Yolanda Felicita Rodríguez Toledo.$9.99
222. *Lunaciones, antología personal*. Poesía. Rafael Vilches Proenza. $7.99
223. *Lunes primero*. Narrativa. Pablo Virgili Benítez. $5.99
224. *Luz de mágica sombra*. Poesía. Yasmín Sierra Montes. $5.90
225. *Luz y polvo en el granero*. Poesía. Reinol Cruz Díaz. $5.99
226. *Malas palabras*. Poesía de Norge Sánchez. $7.99
227. *Manet y el paraíso de las pesadillas*. Novela. Titania Dreamer. $9.99
228. *Maravilloso zoológico*. Ilustrado para niños. Pilar Doris Gálvez Martínez. $12.99
229. *Más solo que la Luna*. Narrativa. José Alberto Collazo Oramas. $5.99
230. *Máscaras*. Poesía. Lázaro Alfonso Díaz. $5.99
231. *Mata*. Novela. Raúl Aguilar. $6.99
232. *Memorias de un kamikaze*. Poesía. Jorge Yassel Valdés Reyes. $6.99

233. *Memorias del abismo*. Poesía. Miladis Hernández Acosta. $5.99
234. *Miami, mi rincón querido. Antología ilustrada de cuento y poesía*. Eduardo René Casanova Ealo. $32.99
235. *Mirar, sufrir, gozar...La Habana*. Novela colectiva. Coordinador del proyecto: Lázaro Díaz Cala y Yoss. $11.99
236. *Misa de ratones: nueve monólogos teatrales*. Teatro. Edgar Estaco Jardón.$7.99
237. *Mitos y realidades*. Novela testimonio. José Ramón Crespo Jiménez. $7.99
238. *Momentos*. Poesía. Bárbara Olivera Más. $5.99
239. *Morir en el fin del mundo*. Narrativa. Amador Hernández Hernández. $12.99
240. *Mujeres con testículos*. Narrativa. José Alberto Collazo Oramas. $9.99
241. *Mundo invisible. Poesía para todas las edades*. Ronel González Sánchez. $15.99
242. *Mundos paralelos y otros cuentos*. Narrativa. Gisela Lovio. $9.99
243. *Muros y otras historias del fin del mundo*. Narrativa. Clara Lecuona Varela. $5.99
244. *Nadar entre dos aguas*. Narrativa. José Alberto Collazo Oramas. $9.50
245. *Navegación Impasible*. Poesía. Eduardo René Casanova Ealo. $7.99
246. *No despierten a las mariposas*. Narrativa infantil. Teresa Medina Rodríguez. $7.99
247. *NoSéDónde y el País de las cosas perdidas*. Literatura para jóvenes. José Luis Riverón Rodríguez. $20.00
248. *Noventa minutos: Poemas y narraciones sobre fútbol*. Carlos Esquivel. $7.99

249. *Nuevos cortos del Pichi*. Narrativa. Rolando González Gil. $7.99
250. Orgy o fear, Orgía del miedo. Poesía bilingüe. Ismael Sambra. $7.99
251. *Otro invierno sin fósforos*. Poesía. Edgar Estaco Jardón. $5.99
252. *Pa´Cuba ni muerto*. Testimonio. Norge Sánchez. $9.00
253. *Páginas finales de la náusea*. Teatro. Miguel Terry Valdespino. $8.99
254. *País sin moscas y otros poemas*. Poesía. Félix Anesio. $10.99
255. *Pan con mantequilla*. Cuentos. Ramón Díaz-Marzo. $8.99
256. *Pequeño diario de la Gran Zafra*. Testimonio. Carlos Julio Larramendi Rodes
257. *Pero no me toques*. Narrativa. Bertha María Gómez Sedano. $5.99
258. *Perversas mujeres contra el muro. Colección erótica de cuentos*. Odalys Leyva Rosabal. $19.99
259. *Pesadilla, tragedia y fantasmas de neón*. Cuentos de ciencia ficción. Álex Padrón. $7.99
260. *Pesquería lunar*. Poesía infantil ilustrada. Jorge Morales Morales.$5.50
261. *Philosophia Naturalis Principia Poética Matemática*. Poesía. Armando Landa Vázquez. $7.50
262. *Piano Afinado*. Poesía. Norge Sánchez. $7.99
263. *Piedra para Obatalá*. Ensayo. Yoel Enríquez Rodríguez. $7.99
264. *Pilares extendidos: diez maneras de conocer a José Martí*. Ensayo. Daniel Céspedes Góngora. $8.00
265. *Poemas breves para niños traviesos*. Poesía. Ángel Larramendi Mecías

266. *Poetas cubanos en canarias. Antología.* Juan Calero Rodríguez. $9.99
267. *Por culpa del amor.* Novela. Teresa Medina Rodríguez. $15.99
268. *Por el camino verde:* Apreciación en décimas a la obra de José Suárez Verde. Ensayo. José Luis Riverón Rodríguez. $18.99
269. *Porque la lluvia no cesa.* Poesía. Yolanda Felicita Rodríguez Toledo. $5.99
270. *Primigenios, el cuerpo lírico de una nación.* Semanario copilado por Eduardo René Casanova Ealo. $7.99
271. *Puertas, boleros y cenizas.* Poesía. Yuray Tolentino Hevia. $6.99
272. *Pura coincidencia.* Cuentos. José Luis Pérez Delgado. $7.99
273. *Quirubín, el de Changa.* Novela. Noelio Ramos Rodríguez. $7.99
274. *Rabota.* Narrativa. Armando Landa Vázquez. $7.00
275. *Rani y la charca misteriosa.* Novela juvenil. Ana Rosa Díaz Naranjo. $9.99
276. *Recapitulación.* Poesía. Dorge Rodríguez Hernández. $7.99
277. *Retablos.* Poesía. Pedro Evelio Linares.$12.99
278. *Retazos.* Poesía. Ana Ivis Cáceres de la Cruz. $7.99
279. *Revisitación al Monte Fuji.* Poesía. Armando Landa Vázquez. $10.99
280. *Revolicuento*.com Cuentos. Rafael Grillo. $9.99
281. *Revoloteos.* Infantil ilustrado. María Ondina Niebla. $14.99
282. *Rostros.* Cuentos. Lisbeth Lima Hechavarría. $7.99
283. *Russian Brindis.* Teatro. Juan José Jordán. $5.99
284. *Salmos por Denisse.* Poesía. Yolanda Felicita Rodríguez Toledo. $3.99
285. *Salsiquieres city.* Narrativa. Teresa Medina Rodríguez. $5.99

286. *Saltarina y el majá rastrero*. Infantil ilustrado. Delsa López Lorenzo.$13.99
287. *Santa Fe y otros relatos teatrales*. Teatro. Edgar Estaco Jardón. $10.00
288. *Sexualidad femenina, el paraíso del placer*. Dr. Octavio Gárciga Ortega PhD. $12.99
289. *Siéntate y mira: Crítica, comentarios y ensayos sobre cine*. Crítica cinematográfica. Daniel Céspedes Góngora. $10.99
290. *Silencios de un especial periodo*. Poesía. Juan Francisco González-Díaz. $5.99
291. *Sin oxígeno, sin Cristo*. Cuentos. Rogelio Riverón. $9.99
292. *Solo en medio del mundo*. Poesía. Norge Sánchez. $5.99
293. *Subdesarrollo Pérez, ¡Qué envolvencia!, El arte de la simulación*. Arístides Pumariega y Rebeca Ulloa. $12.99
294. *Temblor de hoja rota*. Poesía. Armando López Carralero. $7.99
295. *The Watchers*. Novela (en inglés). Asley L. Mármol.
296. *Tiempo*. Poesía de Bernardo Javier Castro Reyes. $7.99
297. *Todas las madrugadas*. Narrativa. Manuel Roblejo Proenza. $5.99
298. *Todos vivimos en Oz*. Cuentos. Edición de lujo. Marié Rojas Tamayo. $40.00.
299. *Todos vivimos en Oz*. Cuentos. Edición estándar. Marié Rojas Tamayo. $12.99
300. *Torres de marfil*. Narrativa. Yonnier Torres Rodríguez. $7.99
301. *Trampas de amor*. Poesía para niños. Carlos Ettiel. $14.99
302. *Tras el telón de celuloide*: *Acercamiento al cine cubano*. Crítica cinematográfica. Antonio Enrique González Rojas. $7.00
303. *Travesía la desnudo*. Poesía. Wendy Calderón Veloso. $5.99
304. *Tus luces sobre mí*. Narrativa. Maritza Vega Ortiz. $7.99

305. *Un grafiti en los ladrillos*. Poesía. Hansrruel Aldana Cabrera. $5.99
306. *Un pueblo con suerte*. Ilustrado para niños. Andrés Cobo García. $9.99
307. *Un rey sin corona*. Novela. Frank Correa. $7.99
308. *Un tren delirante*. Novela. Alina Moreno. $9.99
309. *Un triste cepillo de dientes*. Narrativa. Norge Sánchez. $7.99
310. *Una ciudad sin lágrimas*. Miriam Peña Leyva. $5.99
311. *Una cosa es con guitarra*. Poesía. José Luis Rodríguez Alba. $5.99
312. *Una mujer es...* Poesía. Juan Francisco González-Díaz. $5.50
313. *Uno por aquí y yo, en la pandilla del barrio*. Novela. Noelio Ramos Rodríguez. $7.99
314. *Uvas para llevar a la boca*. Poesía. Lucy Maestre. $7.99
315. *Valbanera: Naufragio, misterio y leyenda*. Ensayo. Mario Luis López Isla. $12.99
316. *Vértigos*. Poesía. José Poveda Cruz. $5.99
317. *Viento de cenizas*. Poesía. Miladis Hernández Acosta. $8.99
318. *Xarahlai La Gitana*. Narrativa. Xiomara Maura Rodríguez Ávila. $9.99
319. *Y a todo a media luz*. Narrativa. Teresa Medina Rodríguez. $6.99
320. *Ya comienza el otoño*. Haikus. Lázaro Alfonso Díaz Cala y Aida Elizabeth Montanarro Torres. $5.99
321. *Yo también soy ellas*. Poesía. Yuray Tolentino Hevia. $5.99

www.ingramcontent.com/pod-product-compliance
Ingram Content Group UK Ltd.
Pitfield, Milton Keynes, MK11 3LW, UK
UKHW021917190726
13853UKWH00002B/715